L'estaminet de l'Épeule

Roman historique

Jean–Marc Becquet

Dépôt légal avril 2018, ISBN : 979-10-94133-23-1

JMB EDITIONS

Couverture © **Sébastien Biguet**

Prix 8,50 €

À mon frère Patrick.

C'est une folie de haïr toutes les roses parce qu'une épine vous a piqué, d'abandonner tous les rêves parce que l'un d'entre eux ne s'est pas réalisé, de renoncer à toutes les tentatives parce que l'une d'entre elles ne s'est pas réalisée, de renoncer à toutes les tentatives parce qu'on a échoué...

C'est une folie de condamner toutes les amitiés parce qu'une d'elle vous a trahi, de ne plus croire en l'amour juste parce que l'un d'entre eux a été infidèle, de jeter toutes les chances d'être heureux juste parce que quelque chose n'est pas allé dans la bonne direction.

Il y aura toujours une autre occasion, un autre ami, un autre amour, une force nouvelle. Pour chaque fin il y a toujours un nouveau départ...

Le Petit Prince, Antoine de Saint-Exupéry

Les personnages principaux

Julien Coutelier, cabaretier de la rue de l'Épeule.

Suzanne Feder, sa femme.

Eugène Morin, son ami, vicaire de la paroisse Saint-Sépulcre.

Médard et Marcel Andrieu, employés de Julien.

Les industriels

Désiré Ley, secrétaire général du Consortium textile.

Paul Delvoye, neveu et adjoint de Désiré Ley.

Eugène Mathon, administrateur du Consortium.

Eugène Motte, industriel du textile de Roubaix Tourcoing.

Édouard Roussel, patron de l'usine Roussel Père & Fils

Joseph Wibaux, président du Consortium.

Les habitants de la cour Lepers.

Achille, membre du syndicat chrétien CFTC, Pauline, sa femme et Achille, son fils.

Gustave, magasinier dans l'usine Roussel du quartier, Suzanne sa femme, visiteuse dans l'usine.

Jean-Gustave, communiste, permanent du syndicat CGT, et sa femme Marie.

François, non syndiqué, Célina sa femme, Elisa sa fille.

Virginie, vieille dame de 70 ans, Aristide, son fils, sans travail, et Mireille, sa belle-fille, bobineuse à l'usine.

Henri, tisserand d'origine flamande, Paulette sa femme et ses deux garçons, Daniel et Julien.

Napoléon, sa femme Rosalie, son garçon Gustave et sa fille, Céline.

Louis, et sa femme Gilberte**.**

Adeline, ses enfants Flore et Simone.

Henri, fileur à l'usine, sa femme Augustine, rattacheuse, ses fils Jules, et Henri, ses filles Juliette et Jeanne.

Jules, propriétaire du cabaret l'Univers.

Les syndicalistes

De Branbander, syndicaliste, rédacteur d'un journal local.

Henri Lauridan, le secrétaire de la CGTU, communiste.

Les politiques

François Coty, industriel, dirigeant du Figaro.

Jean Lebas, député-maire de Roubaix.

Pierre Laval, ministre du travail.

Charles Maurras, fondateur de l'Action française.

Georges Valois, membre de l'Action française.

Maurice Pujo, journaliste dans le journal l'Action française.

Chapitre 1. 189, Rue de L'Épeule, Roubaix.

Le Petit journal du vendredi 10 avril 1931

« Le Consortium patronal de l'industrie textile de Roubaix-Tourcoing a notifié à tous les syndicats ouvriers qu'il se voyait contraint de rajuster les salaires en raison de la crise économique, ajoutant que cette baisse serait sensible».

Cet imbécile de Désiré Ley, secrétaire de ce Consortium[1] patronal textile est un incendiaire.

Il est certain de déclencher une grève et d'ailleurs c'est bien ce qu'il cherche. Il veut sa revanche de l'année dernière. Je vais écrire un article dans le journal de Roubaix[2] pour dénoncer son « diktat ». Mais je sais que cela sera difficile, voire impossible. Il est tout-puissant dans la ville. Le journal dépend beaucoup de la réclame[3] publiée par ce syndicat d'entreprises de Roubaix-Tourcoing. On m'a demandé de modérer mes articles, et maintenant on ne me demande plus d'écrire sur quelque sujet que ce soit. Mes précédents articles m'ont fait apparaître dans les « notes confidentielles » que ce secrétaire tout puissant envoie à tous les patrons et les

---

[1] Se dit d'une association d'entreprises résultant d'une collaboration à un projet afin d'obtenir un résultat.

[2] Journal créé en 1856 par Jean-Baptiste Reboux. Devient en 1940, un journal pétainiste et collaborationniste, interdit en 1944.

[3] Le mot publicité n'est apparu que dans les années 1950.

notables de l'agglomération. Son équipe d'informateurs et de contrôleurs, tous anciens policiers, rassemble les informations sur la vie des usines, les grèves en cours, et les syndicats que Ley accuse d'être à la solde des communistes et de Moscou.

Pour cet homme, il faut combattre la volonté de certains dirigeants démocrates-chrétiens de négocier avec les syndicats réformateurs et proches de l'Église. Il dirige ses attaques contre les « patrons dissidents », ceux qui ne veulent pas se plier à leurs doctrines fascistes. Il les accuse de trahir les leurs. Depuis quelques années, Eugène Motte[4], grand industriel et résistant, fait l'objet de ses plus dures attaques dans ses notes. Lui, le nomme le « dictateur du Nord ».

Il faut que je perce son secret. Que sait-on de cet ancien ouvrier, né à Roubaix, de parents alsaciens, qui a su gravir tous les échelons de la hiérarchie, jusqu'à devenir contremaître dans une teinturerie à Tourcoing, puis directeur d'une usine d'Eugène Mathon, l'administrateur de société. On sait dans la ville, que Mathon a fondé ce mouvement patronal à la sortie de la guerre, avec deux objectifs, lutter

[4] Grand industriel du textile de Roubaix, dont il deviendra le maire et le député de 1902 à 1912. Résistant, interné en Allemagne en 1915, évadé, il rejoint la Belgique et organise le ravitaillement des territoires occupés.

contre le mouvement ouvrier et gérer des œuvres sociales. Il pense être le seul dépositaire d'un droit divin patronal, face à ses employés. Ses positions de catholique paternaliste lui ont d'abord ouvert des portes de certains syndicats qui l'ont accueilli avec bienveillance. Mais, ils se sont vite aperçus de la vraie nature de cet homme, de son credo « les patrons contre les ouvriers, bloc contre bloc », et de son mot d'ordre, « on refuse toute augmentation de salaire ».

Son Consortium apporte maintenant son soutien à tous les responsables d'entreprise dont les salariés font grève. Leurs cotisations, 5% des salaires qu'ils versent, leur permettent d'alimenter une caisse noire pour soutenir celui qui doit faire face à un arrêt du travail, il touche alors une indemnité. Son discours et son action remportent l'adhésion, à quelques exceptions près, de tous les industriels de Roubaix-Tourcoing. Ce fasciste, proche de l'Action française, est un fervent admirateur de Mussolini, il l'a rencontré à plusieurs reprises. Mathon représente la tendance française de ce mouvement nationaliste, corporatiste, et populiste au nom d'un idéal collectif supprimant toute démocratie.

Il a trouvé dans Désiré Ley, le secrétaire général qui partage les mêmes idées. Quelqu'un prêt à lui obéir, et qui a beaucoup d'imagination pour briser les grèves.

Je m'appelle Coutelier, Julien Coutelier, j'habite rue de l'Industrie, petite rue qui débouche au 120 rue de l'Épeule. Comme je n'écris plus beaucoup dans le journal de Roubaix, j'ai repris un estaminet dans cette rue de l'Épeule. Je suis revenu à mes premiers amours.

Durant la guerre[5], je tenais l'estaminet de la « Planche Trouée », rue des Longues Haies. Je suis marié avec Suzanne Feder, la plus jolie institutrice de la ville, cela fait plus de dix ans. Deux enfants sont nés, Alice la plus âgée, qui du haut de ses huit ans, veut commander son petit frère Eugène. Lui, on lui a donné le prénom de notre ami, Eugène Morin, l'un des vicaires de ce quartier. Nous habitons près de cette rue ouvrière, dans la maison qui appartenait aux parents de

[5] Voir « La rue des Longues Haies ».

Suzanne, maintenant décédés. Avec quelques économies, on a acheté cet estaminet « A l'Épeule ».

C'est cet ancien cabaret qui a donné le nom à la rue, puis à tout le quartier. Un endroit populaire, qui possède une âme, 3 000 personnes y vivent et tout le monde se connaît, une sorte de village dans la ville, une rue peuplée de commerçants de courées, de restaurants, d'une salle de spectacle, l'Étoile d'or, d'un cinéma, le Colisée. Un joyeux mélange d'ouvriers, de commerçants, d'employés, de petits-bourgeois, de rentiers, d'artisans et de manœuvres. On est dans la ville aux mille cheminées. Mon estaminet se trouve à l'angle de la rue Watt, à la fin de la rue, juste avant le chemin qui mène à Croix. Il s'agit de la plus vieille maison du quartier, déjà existante à la fin du XVIIIe siècle. Elle ressemble un peu à ma « Planche Trouée ». C'est certainement pour cela que je l'ai achetée. Suzanne m'a encouragé. Elle voyait bien que mon métier de journaliste ne me plaisait plus, je n'étais plus libre d'écrire ce que je voulais.

On m'a expliqué qu'il y a un siècle, l'estaminet appartenait à un certain Jean-Baptiste Leclercq, dit « Belle-Arme ». Il devait ce surnom à son habileté de tireur à l'arc à la perche[6]. Celle-ci se trouvait dans une prairie qui s'étendait

---

[6] Le tir à l'arc à la perche ou dit à l'oiseau est un sport traditionnel pratiqué encore dans le nord de la France. Il s'agit d'éjecter, à l'aide d'une

en face de ce cabaret, et qui a fourni ensuite le terrain pour les constructions et les commerces qui s'y trouvent.

Pour en revenir à cette grève qui se prépare, ce n'est que l'aboutissement des décisions injustes de ce Consortium. Ils ont commencé en 1921, à la sortie de la guerre, dans cette ville dévastée, à diminuer le taux horaire du travail de 10 centimes. Puis ils ont maintenu une pression sans fin sur les salaires, et maintenant ils veulent diminuer ceux-ci de 10%. Comment des ouvriers, déjà dans la misère, peuvent-ils survivre ? L'année dernière, le Consortium a dû, grâce à l'intervention du gouvernement, lâché du lest. Durant deux mois, les ouvriers ont fait grève à cause des assurances sociales obligatoires, qui ont amputé leurs salaires. Ley a instauré une prime de fidélité octroyée en fonction du temps de présence, cadeau empoisonné. Il s'agissait pour lui et Mathon de mettre en place une prime antigrève. L'intervention du président du conseil a permis de trouver un compromis. Mais les deux âmes damnées ont eu le goût de la revanche. Leur argument actuel est de devoir s'adapter à la concurrence internationale, à la crise mondiale, et de renoncer à des avantages acquis pour leurs employés. Ce

flèche, des petits cylindres appelés « oiseaux », placés au sommet d'un mât vertical, appelé perche, qui culmine à une trentaine de mètres.

n'est que le prétexte pour se venger un an plus tard de cet accord.

– Mais que vois-je ? Mon ami l'abbé qui se rend dans un lieu de perdition.

– Je te dispense de tes commentaires déplacés Julien Coutelier !

– Je te signale que je ne fais que décrire une réalité. Tu m'as l'air de mauvaise humeur, mon ami.

– On le serait à moins, on s'oriente tout droit vers une grève, à cause de ce Consortium, avec son lot de misère, de faim, de privation, et de maladies. Mais que peut-on faire ?

– Et ton syndicat chrétien ? Que dit-il ?

– Tu penses bien que notre syndicat libre[7] est vent debout contre les arguments fallacieux de Mathon et de Ley. Si au moins nous étions unis avec la CGT[8], nous pourrions avoir plus de pouvoir, de force, et négocier avec le gouvernement et les industriels indépendants, tel qu'Eugène Motte.

– Il faudrait que je le rencontre, pour savoir ce qu'il pense de Mathon.

[7] La confédération française des travailleurs chrétiens est fondée en novembre 1919. L'objectif était de lutter contre la toute-puissance de la CGT dans le milieu ouvrier et de promouvoir la « paix sociale ». Le mouvement s'opposa frontalement au Consortium.
[8] Syndicat ouvrier créé en 1895. En 1921, la scission est prononcée entre la CGT, proche des socialistes de la SFIO, et la CGTU, proche du Parti communiste.

– Il le critique, et le traite de « Mussolini aux petits pieds » et Ley de « dictateur ». Celui-ci d'ailleurs ne se prive pas de le diffamer dans ses « notes confidentielles ».

– Motte l'a giflé sur le quai de la gare de Roubaix, m'a-t-on dit !

– Oui, au mois d'août de l'année dernière, Ley le voit, s'approche de notre « Roi de la laine », et veut lui parler. Eugène Motte le secoue et lui crie qu'il ne veut pas le voir, qu'il est un personnage répugnant et qu'il ne le supporte pas.

Ley a déposé plainte, mais le commissaire a classé l'affaire. Il s'en est pris aussi, toujours dans ses notes soi-disant confidentielles, à Louis Blain, le secrétaire de notre syndicat libre en le traitant de « Rouges Chrétiens ».

– Pourquoi a-t-il autant de pouvoir ? Je ne comprends pas !

– On dit qu'il avait ses entrées à la Kommandantur de Tourcoing à la fin de la guerre, et qu'il a mis la main sur des dossiers impliquant de nombreuses personnes, dont bien sûr des patrons du textile.

– Évidemment, à part certains comme Eugène Motte, insoupçonnables, parce que résistant et déporté, les autres avaient souvent des secrets à garder. Mais comment a-t-il fait pour mettre la main sur ces dossiers ?

– Il faut enquêter, Julien ! Toi seul peux le faire, et écrire des articles qui permettront de le démasquer et de montrer ce qu'il est réellement.

– Tu as peut-être raison. En attendant, il faut que je parle à Suzanne, elle a connu Mathon durant la guerre, il était le secrétaire de la Croix Rouge, pour la région. Elle l'a bien côtoyé quand elle était ambulancière et secouriste, et l'a souvent critiqué pour ses actions et sa proximité avec les Allemands.

Chapitre 2. 185, Rue de l'Industrie, Roubaix.

Le Petit journal du mercredi 15 avril 1931

« Les syndicats se sont déclarés hostiles au principe de la baisse des salaires. La note qu'ils ont transmise à Monsieur Ley fait valoir que le moment est mal choisi pour restreindre les ressources des ouvriers. »

– Peux-tu me parler d'Eugène Mathon quand il était à la tête de la Croix Rouge.

Les enfants sont couchés au premier étage de la maison modeste que l'on occupe dans cette rue calme, habitée en majorité par des employés ou des contremaîtres. Un salon, une salle à manger, des toilettes, l'eau courante, une cave où le charbon est entreposé, deux chambres, cela suffit à notre bonheur.

– Te souviens-tu du lieu de la rue d'Avelghem, où les Allemands enfermaient les personnes raflées dans la rue ou chez eux ?

– Oui, il s'agissait de l'usine Motte de la rue d'Avelghem, où ils faisaient le « triage ».

– Après les rafles, en tant qu'infirmière je pouvais entrer et essayer de m'occuper le mieux possible des malheureux qui s'y trouvaient. Je le voyais toujours arrivé, accompagné par les autorités allemandes, parfois même par le major

Hoffmann[9]. En tant que président de la Croix-Rouge pour la métropole, je pensais que cela faisait partie de son rôle. Mais en avril et mai 1916, alors que les Allemands raflaient quartier par quartier, maison par maison les hommes, les femmes et même les enfants et les emmenaient dans cette usine, transformée en caserne, il intervenait régulièrement. Un jour, j'ai surpris une conversation en allemand, entre lui et des officiers, notamment avec Bauer, l'adjoint d'Hoffmann. Il ne savait pas qu'en tant Alsacienne, je comprenais la langue. Il indiquait les gens qui devaient porter le brassard rouge[10] et être déportés vers les camps de travail, de ceux qui devaient être relâchés. Je me suis aperçu que le « tri » se faisait en fonction de la situation de gréviste, de chômeur, ou à l'appartenance à un syndicat. Il avait avec lui, des fiches dans une sacoche et il les consultait régulièrement. Il indiquait ainsi ceux que la réquisition ne devait pas toucher. Les Allemands l'écoutaient toujours.

– Tu ne m'as jamais parlé de cela.

[9] Responsable durant quatre ans de la Kommandantur de Roubaix.

[10] Numéroté et le nom porté sur le brassard, cela désignait ceux qui partaient pour les camps de travail ou les camps de déportation en Allemagne.

– Non, j'ai voulu oublier et puis il y a eu tellement de personnes à collaborer à cette époque que je pensais que l'on devait pardonner.

– As-tu des preuves ?

– Oui, une lettre que j'ai pu voir à la mairie de Roubaix où je travaillais, signé Hoffman. Je l'ai recopiée à l'époque. Je l'ai d'ailleurs donnée au Maire Jean-Baptiste Lebas, quand il est rentré de déportation. Le major remerciait Mathon de son aimable et bienveillante activité dans le choix des personnes « évacuées ». Il le félicitait même d'avoir su surmonter courageusement la malveillance de ses compatriotes, de leurs jugements, et d'avoir été utile à ceux-ci grâce à sa collaboration.

– On frappe doucement à la porte, cela doit être notre ami Eugène Morin, je lui ai demandé de passer après sa visite à ses paroissiens.

– Bonsoir Suzanne, bonsoirJulien, j'espère que je n'arrive pas trop tard !

– Non, rentre, on t'attendait. Mais avant de parler, tu vas manger un morceau, car je devine que tu n'as pas pris le temps de le faire, et inutile de discuter, sinon je te laisse seul avec Suzanne qui te fera la leçon sur ta façon de te nourrir.

– Tu m'as vaincu de suite, et j'avoue que cela sera avec plaisir.

– Suzanne me décrivait les actions de collaboration avec l'occupant d'Eugène Mathon. Je vais aller voir Lebas et Eugène Motte pour essayer de mieux comprendre les évènements. Mais il faut que tu m'expliques ce qui s'est passé entre Mathon et le Vatican.

– C'est une histoire complexe. En 1919, lors de la formation de ce syndicat patronal textile, Mathon définit des objectifs, des principes, bref une véritable doctrine des relations entre les dirigeants et les ouvriers. Cela sert de credo à ce mouvement.

– Le corporatisme ?

– C'est le cœur de cette doctrine. Elle prône la primauté des organisations professionnelles sur l'action sociale, politique et syndicale. Une idéologie qui permet de rallier la droite nationaliste et royaliste de l'Action française, les idées paternalistes du patronat textile catholique et les tenants d'une société organisée et rationnelle sans conflits et sans syndicats. Les mouvements ouvriers, il les refuse tous, car responsable à ses yeux de la lutte des classes, et des difficultés de notre pays. Donc on ne traite, ni ne signe, aucun accord avec une structure syndicale, et on refuse toute augmentation de salaire. Cela évite la hausse des prix du textile. La CFTC s'est opposée très vite à ce dogme. On considère que l'un des droits fondamentaux de l'homme est le droit d'association, permettant les discussions entre les ouvriers et les chefs d'entreprises représentés par leurs formations respectives. Mathon est devenu très virulent vis-à-vis de notre syndicat chrétien, et nous considère plus dangereux que les autres organisations syndicales.

– Pourquoi ?

– N'oublie pas que c'est un fervent catholique, combattre la CGT et la CGTU, des groupements « bolcheviques », pour lui c'est normal, mais affronter un syndicat chrétien, cela le met en fureur. Il décide donc en 1924 d'envoyer un rapport à la congrégation du Concile du Vatican. Aidé de son sbire, Désiré Ley, il mène une véritable offensive, en discréditant toutes les personnes proches de nous, fussent-ils prêtres. Il nous accuse de collusion avec les communistes, et de fomenter la révolution. Il est appuyé par Charles Maurras[11] et l'Action française, ce mouvement royaliste et nationaliste. En 1926, Rome condamne l'Action française, les ouvrages de

---

[11]   Il dirige le journal, organe du mouvement l'Action française, et fonde les principes du maurrassisme, basé sur le nationalisme intégral, doctrine reposant sur l'unité de la France et sa grandeur, combattant la République.

Maurras, et Pie XI[12] va plus loin, en mars 1927, les adhérents de ce mouvement sont interdits de sacrement. À partir de là, celui-ci décline, les catholiques quittent l'Action française.

– Il est vrai que ce Pape combat les fascistes de Mussolini et les communistes de Moscou.

– Pour en finir avec cette affaire, une enquête est diligentée par des jésuites, à la demande du Pape. Celle-ci débouche sur une lettre de la congrégation du Concile en 1929, donnant raison aux syndicats chrétiens et à leur mission de défendre les ouvriers et de négocier des avantages. Inutile de te préciser que cela a mis nos deux hommes en furie, car Rome ne nous condamne pas, mais en plus il demande au Consortium de nous traiter avec équité et bienveillance.

– D'où les articles vindicatifs du journal de l'Action française sur la collusion entre le pape et les communistes de Moscou. Il faut que je continue à comprendre pourquoi, de nombreux industriels dénoncent leurs méthodes, sous couvert d'anonymat, mais les soutiennent au grand jour.

---

[12] Pie XI convoqua pour le 11 février 1939, tous les évêques d'Italie pour, selon certains, leur lire un discours dénonçant les persécutions raciales des nazis et la marche vers la guerre de l'Italie fasciste. Le discours ne fut pas prononcé, la nuit du 10 février le pape meurt officiellement d'un arrêt cardiaque. Son successeur Pie XII lève l'interdit contre l'Action française, en mars 1939. La mise à disposition récente des archives du Vatican démontre que c'est lui qui a ordonné la destruction du document.

Chapitre 3. Place de la Fosse aux Chênes, Roubaix.

Le Petit journal du vendredi 17 avril 1931

« Les syndicats libres[13] disent qu'ils ne pensent pas qu'il existe des raisons qui rendent nécessaire une baisse des salaires, et espère que leur exposé retiendra l'attention de l'organisation patronale. Celle-ci a chargé Monsieur Ley de continuer les pourparlers.»

– Ley, il faut faire une déclaration écrite, envoyée à tous les journaux, expliquant pourquoi il faut baisser les salaires.

– Je vous propose la déclaration suivante, j'ai presque fini de la rédiger. « Les salaires ont diminué en Italie, en Allemagne, en Belgique et l'Angleterre annonce une augmentation de ses tarifs douaniers. Le textile français a baissé ses importations l'année dernière de par le coût prohibitif du travail, alors que tous les pays étrangers augmentent leurs importations. Seule la baisse des salaires nous permettra le tassement des prix et de redevenir compétitif sur le marché mondial ».

– Excellent ! Cela ne changera pas grand-chose, ils ne seront pas d'accord, nous aurons une grève dans les prochains jours, mais il ne faut rien céder durant le conflit.

---

[13] L'on désignait ainsi les syndicats qui ne se réclamaient pas ou de la SFIO ou du Parti communiste.

Intervention ou pas des autorités, ne reproduisons pas ce qui s'est passé l'année dernière !

– Ce sont nos industriels adhérents qui ont eu peur, et nous ont forcés à céder, mais les conditions ont changé. Les bénéfices ne sont plus au rendez-vous, ils perdent de l'argent et sont prêts à nous suivre.

– Et les pouvoirs publics ont été incapables de comprendre que la seule possibilité pour une corporation comme la nôtre est de défendre nos intérêts. Pour cela, il nous faut défendre le bien général et imposer à chacun une discipline. Nous devons prendre en charge des services indispensables à tous comme la fixation des prix et des salaires. Nous devons démontrer l'erreur de la lutte des classes et le bienfait de la collaboration de tous. Nous devons théoriser ces pratiques et les soumettre à un vote au parlement.

– On ne vous suivra pas Monsieur Mathon, les oppositions sont trop fortes : les partis de gauche, les gouvernements successifs constitués avec les ténors du Parti radical et de l'Alliance Démocratique, les syndicats, les catholiques, et même le Pape.

– C'est bien pour cela qu'il faut se servir de cette grève pour discréditer tout ce ramassis de bolcheviques, de juifs et de francs-maçons.

– Je m'y emploie. Dès le pourrissement, après quelques semaines, des incidents éclateront dans la rue des Longues Haies. Barricades, émeutes, vitrines brisées, magasins pillés, tout cela discréditera les communistes et les syndicats, CGT et CGTU. J'ai mes meneurs[14], grassement payés, appartenant à ces organisations. Je compte aussi discréditer la CFTC et le mouvement syndicaliste chrétien.

– Difficile de s'en prendre au cardinal Liénart[15], intouchable, ni aux prêtres reconnus comme l'abbé Six à Tourcoing ou l'abbé Bataille à Roubaix.

– C'est pour cela que j'ai pensé à un prêtre moins connu, mais qui a une action syndicale et chrétienne forte auprès de ses paroissiens. Il s'appelait Eugène Morin, il est vicaire à la paroisse Saint Sépulcre du quartier de l'Épeule, de tradition ouvrière et catholique.

– Comment vas-tu t'y prendre ?

– J'ai une personne assez proche de lui, qui le connaît, elle pourra introduire des revues et des notes subversives dans son logement. Sur dénonciation, en même temps que les troubles de la rue des Longues Haies, une perquisition aura lieu et l'on

---

[14] Certains furent par la suite reconnus comme agents de la préfecture de police et exclus des organisations.

[15] Il a été évêque de Lille durant 40 ans, mort en 1973, son soutien au syndicalisme chrétien lui valut le qualificatif de « cardinal rouge ».

trouvera tous les documents nécessaires pour faire le lien entre les prêtres rouges de la CFTC et les communistes de la CGTU. Ils agissent sur ordre de Moscou.

– Si ton plan marche, c'en est fini pour longtemps des syndicats libres. Revenons à la grève ! Comment faire pour la briser et ensuite organiser la reprise sans que les ouvriers aient obtenu le moindre avantage.

– J'ai déjà prévu le convoyage de travailleurs belges de toutes les grandes villes de la Wallonie et de la Flandre par autocar, des milliers de travailleurs étrangers. On demandera des régiments de Gardes mobiles, ils seront à la disposition de nos adhérents qui devront assurer une indemnité et leur nourriture pour les avoir à demeure dans leurs locaux et ainsi protéger leurs usines. Quant aux industriels indépendants ne faisant pas partie de notre Consortium, des incidents éclateront dès qu'ils voudront négocier avec ces mouvements. De plus, la CGTU demandera l'arrêt général, y compris dans les entreprises non adhérentes à notre mouvement. Nous allons tout de suite commencer à inonder les journaux locaux et parisiens d'articles favorables à nos objectifs de baisse des salaires. Et pour nos adhérents, afin d'éviter les défections, je leur ai demandé le dépôt d'une somme conséquente par chèque à l'ordre du Consortium, déposé dans le coffre[16]. S'il s'amusait à nous quitter, la faillite de leur entreprise serait certaine.

– Parfait, nous allons pouvoir commencer !

[16] Authentique.

Chapitre 4. 95, Cour Lepers, Rue de l'Épeule

Le Petit journal du mardi 28 avril 1931

« Pour les filatures de laine, pour les deux premiers mois de l'année de 1931, les exportations sont en diminution de 80%. La filature de coton travaille à perte depuis plusieurs années. Toutes ces raisons rendent indispensable la baisse de salaire.»

Les rues bruissent des rumeurs et des colportages de cette grève que l'on sent venir. Pour la plupart des habitants, elle n'est qu'une de plus, dans toutes celles qu'ils ont connues depuis des années et des années. Dans l'habitat de cette ville aux mille cheminées d'usine, on y trouve les cours, les courées, les forts, les impasses, et les cités. C'est à chaque fois un ensemble de petites maisons, accolées les unes aux autres, se faisant face, un étroit chemin au milieu, au fond une baraque abritant les « communs », ces toilettes collectives, et au milieu une pompe pour l'eau. Chaque maison est identique, une seule pièce au rez-de-chaussée, qui sert de salle à manger, de cuisine, de toilettes, et de chambre pour les enfants. Un escalier très raide mène à une petite chambre au premier étage. Ce qui différencie l'appellation, c'est le nombre de maisons et leurs dispositions. Les cours sont les plus grandes en nombre, des dizaines de maisons ensemble. Les courées ne possèdent que quelques maisons, une dizaine tout au plus. Dans les forts, les maisons sont disposées en carré, dans un alignement presque militaire. Dans les impasses, les maisons sont alignées dans une petite rue en impasse, à la différence des cours ou des courées où il existe souvent deux entrées. Reste les cités qui peuvent désigner tout le reste, mais qui appartiennent au même propriétaire. Car les habitants sont tous locataires, pauvres, et ouvriers textiles.

Ils sont en colère. Une baisse de 10% serait intolérable, alors qu'ils ont de la difficulté à vivre et à se nourrir avec le salaire de misère qu'on leur verse. Avant, leurs parents leur avaient raconté leurs grèves, ils les faisaient pour des avantages, des augmentations de salaire, des journées de travail moins longues. Maintenant, on la fait pour ne pas perdre des avantages, ne pas voir le salaire baisser, ne pas travailler plus. Ils ont entendu parler de la crise qui vient des États-Unis, et a frappé à leurs portes, mais qu'est-ce que cela veut dire, les États-Unis, l'Amérique c'est loin, rien à voir avec leurs conditions ici en France.

C'est ce que répète à longueur de journée Achille. Lui, il habite dans la cour Lepers, au 95 de la rue de l'Épeule, près du cabaret de l'Univers. Le seul auditoire d'Achille, en dehors de ses camarades du syndicat libre, est sa femme Pauline et le fils qu'on a appelé aussi Achille, et qui, à vingt ans, travaille lui aussi comme apprêteur à l'Usine Roussel, le plus gros employeur du Quartier, dans la rue des Arts, non loin de là.

Achille est le locataire de la maison numéro 2 de cette courée Il est fier de son métier, plus que son fils qui, lui, ne le considère que comme un moyen de subsister. Le père parle de son métier en vantant toutes les facettes utilisées par ses soins pour rendre le tissu plus beau, plus soyeux, plus agréable non seulement à regarder, mais aussi à toucher.

Gustave, le voisin du 4, est magasinier dans la même usine. Sa femme Suzanne visiteuse, vilipende ceux qui sont prêts à faire grève, car elle sait que même si elle ne veut pas la faire, elle sera empêchée de pénétrer dans son atelier par le piquet. Elle sait aussi qu'au bout de quelques semaines, ils en seront réduits à mendier leur nourriture et à aller chercher quelques bons à la municipalité. Ils n'ont pas d'enfant, ils sont tous morts en bas âge.

Jean-Gustave, le voisin est pour l'interruption totale du travail. Communiste convaincu, il a participé dans la métropole, à la scission du syndicat CGT en 1921. Il a fait partie de la minorité qui avait voulu adhérer à la troisième Internationale, acceptant les conditions de Lénine. Avec ses camarades, il a rejoint la Section française de l'Internationale communiste, devenue par la suite le Parti communiste français. Ensuite il a adhéré à la Confédération Générale du Travail Unitaire, le syndical du Parti communiste. Il a pris parti avec ses camarades contre les assurances sociales, à la différence de la CGT et de la CFTC. La révolution ne veut pas d'aumônes. Alors, il clame bien fort qu'il a eu raison de les refuser, puisque les dirigeants textiles reviennent sur ces acquis en les faisant maintenant payer par les ouvriers, d'où cette baisse de 10% des salaires. Il est au moins d'accord avec ceux du Consortium, classe contre classe, patrons contre ouvriers, s'opposer à tout, provoquer la grève pour refuser les ordres de Mathon et de Ley. Il est maintenant permanent à la

CGTU, il a aidé et appris son métier avec Henri Lauridan, le secrétaire permanent né à Tourcoing, délégué du syndicat à Halluin, cette petite ville frontière, située à quelques kilomètres, au nord de la ville. La cité rouge, la Mecque, la Ville sainte du communisme[17] tel qu'on la décrit.

Cette ville fournit les bataillons de salariés prêts à constituer les piquets de grève, et à venir renforcer les défilés et les manifestations de force. C'est dans cette ville, en 1928 que l'arrêt du travail des dix sous a duré six mois. Les employés réclamaient un demi-franc en sus de l'heure. Seul, le Consortium textile avait refusé, les autres branches de l'industrie avaient accepté. Tous les groupements ouvriers s'étaient unis, la grève avait éclaté le 20 septembre. Les troubles avaient éclaté, la gendarmerie à cheval avait chargé. La CGTU avait durci le mouvement. Des non-grévistes avaient été roués de coups, ainsi que leurs femmes. Quelques mois plus tard, la misère s'était installée. Ley ne voulait pas céder et refusait toute tentative de négociation. En avril, six mois plus tard, une réunion avait eu lieu, elle avait abouti après un accord, à la reprise du travail, mais sans que les ouvriers aient obtenu l'augmentation réclamée. Les positions du Consortium et de la CGTU avaient abouti à cette impasse.

[17] Quand les sirènes se taisent, Maxence Van Der Meersch, Gallimard, 1933.

François, son voisin du 8, se garde bien de discuter avec Jean-Gustave. Il le sait coléreux et vindicatif. Il ne veut pas d'ennui. Il n'est pas syndiqué, prétextant qu'il ne veut pas prendre parti entre les chrétiens et les communistes. Son amie, Célina est bobineuse à l'usine. Elle a une fille, Elisa. Quand son mari est mort en 1916, elle est partie de sa région de Belfort. Elle est venue ici pour trouver du travail. C'est ici qu'elle a connu François, ils se sont mis ensemble.

Au 10, vit Virginie, une vieille dame de 70 ans, qui vit avec son fils Aristide et sa femme Mireille. C'est elle qui fait vivre la maisonnée avec son métier de bobineuse. Aristide, lui dépense une bonne partie de son salaire au cabaret. Pas méchant, d'accord avec tous, il se laisse vivre. Il a connu d'autres grèves, il sait que la période qui vient, de cette crise venue d'ailleurs, ne leur procurera aucun avantage supplémentaire. Virginie est trop âgée pour travailler. Elle a connu toutes les misères, celle de la guerre avec la Prusse en 1870, puis les conditions de vie épuisantes dans les usines, treize heures par jour, six jours, payés à la journée, puis la guerre et l'occupation de 1914, sans parler de tous les conflits qui ont provoqué la faim et la maladie, même lorsque l'issue était favorable aux ouvriers.

Pour les maisons d'en face, au 1, vit Henri, le tisserand d'origine flamande, avec sa femme Paulette et leurs deux garçons, Daniel et Julien, une famille sans histoire, souvent prête à aider le voisin.

À côté au 3, le dénommé Napoléon avec sa femme Rosalie et leur garçon Gustave et leur fille Céline, c'est un concentré à eux quatre, de toutes les méchancetés de la terre, jalousie, médisance, malveillance, cruauté. Napoléon se dit nationaliste, il n'aime pas les étrangers, ni les juifs, ni les « autres » en général. Sa femme et ses enfants sont en accord avec ces idées. Médire et jalouser sont des passe-temps qui occupent et qui procurent un indicible remède à la misère.

Heureusement, il y a Louis au 5, la maison d'à côté. Il arrive à les calmer, son assurance et son autorité naturelle permettent à la courée de vivre dans les conditions sereines. Sa femme Gilberte est toujours contente, une joie de vivre qu'elle voudrait communiquer à tous.

À côté, au 7, vit la famille belge. Adeline en est le chef, son mari est mort dans un accident d'usine il y a plusieurs années, elle pourvoit aux besoins essentiels de ses enfants encore jeunes, Flore et Simone, de quoi les nourrir et les habiller.

Reste la dernière maison au 9 de cette courée, ils sont cinq à vivre dans cette baraque. Henri est fileur également chez Roussel, sa femme Augustine travaille dans le même atelier, comme rattacheuse. Ils se sont rencontrés là, et ne se sont plus quittés. Après avoir vécu ensemble quelques années, ils se sont mariés, vingt ans déjà. À l'époque, Augustine était fille mère, son premier enfant, Jules est marchand des quatre saisons, fruits et légumes. Son chien Popeye, l'aide à tirer la carriole. Les autres enfants sont nés de ce mariage, Henri un peu voyou, est aussi rattacheur, les filles Juliette et Jeanne sont couturières. Tous ces salaires réunis leur permettent de vivre pas trop mal. Le problème qu'ils ont, c'est le peu de place et la promiscuité d'une petite maison à deux pièces. Si une grève éclate, le salaire des filles leur permettra de vivre, enfin de survivre. Par contre, elle retardera leur recherche d'un logement plus grand.

Tous vivent dans cette courée, située à côté du café. On y fait quelques repas simples, moules frites, saucisses frites, poulet frites, charcuterie frites, de toute façon, il y avait toujours des frites, et puis de la bière. Le lieu est aussi le rendez-vous des syndiqués. Le cabaretier, Jules, est un ancien ouvrier. Il n'a pas oublié. Il a pu ouvrir ce « troquet » grâce à un petit héritage, il s'est retroussé les manches avec sa femme et ses deux filles, et maintenant ils vivent de leur commerce. Il met toujours à disposition son arrière-salle aux camarades syndicalistes, soit ceux de la CGT, soit ceux de la CFTC, mais pas ensemble. Il ne veut pas de bagarre.

Et puis, il y a le prêtre Morin, qui passe régulièrement dans cette courée, comme dans les vingt autres qui s'alignent dans cette rue de l'Épeule, aider les familles, s'enquérir des problèmes, trouver des solutions, chercher des écoles pour les plus petits, recommander ceux qui ont perdu leur emploi aux patrons qu'il connaît, écrire les lettres à l'administration, ou au propriétaire quand il le faut, pour réclamer une aide, ou bénéficier d'un report pour le loyer. Même Jean-Gustave le révolutionnaire reconnaît que le « curé » aide les prolétaires. Malgré toutes leurs différences, la courée est solidaire, la vie commune est possible.

Chapitre 5. Grand-Place, Mairie de Roubaix

Le Petit journal du vendredi 8 mai 1931

« Les négociations engagées entre les organisations patronales et syndicales n'ont abouti à aucun résultat. Cet échec risque de provoquer un conflit. La diminution des salaires doit prochainement entrer en vigueur.»

– Entrez Monsieur Coutelier, je vous attendais !

– Merci de me recevoir, Monsieur Lebas. Je sais que votre charge de maire dans cette ville n'est pas de tout repos, aussi je vais essayer d'être bref et de ne pas vous prendre trop de temps.

– Donnez-moi en premier des nouvelles de votre épouse Suzanne ! Je me souviens encore de son embauche au sein de la mairie au début de la guerre, et de son dévouement pour notre population.

– Elle va très bien, son métier d'institutrice la comble, c'est avec passion qu'elle l'exerce, elle vous transmet ses amitiés, elle sait que nous devons nous rencontrer.

– Bien, que puis-je faire pour vous !

– Me dire ce que vous savez sur Mathon et Ley. Comment ont-ils pu se maintenir à la tête de cette confédération ? Comment font-ils pour continuer à exercer leur dictature sur les autres patrons ? Pourquoi cette haine de la négociation et des mouvements syndicaux ? Enfin comment faire pour les montrer sous leur vrai jour et dénoncer leurs minables magouilles. Je voulais écrire des articles sur eux, mais comme vous le savez le journal de Roubaix ne risque pas de les publier.

– Fichtre ! Par où commencer ? Bon, je vais vous parler de ce que je connais sur Eugène Mathon. Pour Désiré Ley, je ne peux que vous citer ce que l'on m'a dit, mais sous réserve, je n'ai pas pu vérifier. Comme vous le savez, j'ai été arrêté par les autorités allemandes en 1915. J'avais rencontré Mathon à plusieurs reprises. Il était le représentant de la Croix-Rouge pour la métropole. Les vivres et les dons convoyés par cette instance permettaient à notre population de survivre. Ses méfaits ont commencé avant cela. En 1898, avec l'aide du père Le Bail, il avait créé un office central de fiches sur les ouvriers. Ils étaient classés en trois catégories : bons, mauvais, douteux. Les mauvais étaient les socialistes ou les anarchistes, vous imaginez ce que voulaient dire les deux autres catégories. Vers 1905, on découvre l'affaire. Le scandale[18] est tel que

[18] On en parle dans la presse de l'époque.

mon prédécesseur à la mairie, Eugène Motte le dénonce en séance publique du conseil municipal, bien que Mathon soit son beau-frère.

Dix ans plus tard, on le retrouve avec les officiers de la Kommandantur de Roubaix. Les fiches qu'il a gardées lui servent à renseigner les Allemands pour savoir qui doit être envoyé en déportation, et qui doit rester. C'est à cette époque qu'il fait la connaissance de Ley, qui lui, sévit à la Kommandantur de Tourcoing, en pratiquant la même collaboration. Il est contremaître dans une teinturerie à Tourcoing. Juste avant la guerre, il est en contact avec plusieurs firmes allemandes, notamment la Badische Aniline[19]. Il est d'origine alsacienne et parle allemand. Lors de l'invasion, il est embauché comme agent de la Kommandantur, et il les sert en faisant le tri de ceux qui seront envoyés en Allemagne des autres. Je reste persuadé que certains industriels devant partir comme otage seront remplacés par d'autres personnalités de la ville. Les deux voyous ont misé sur la victoire de l'Allemagne. Quand Ley s'aperçoit que la guerre prend une autre tournure, il s'empare de tout ce qui pourrait lui servir par la suite. Même principe que Mathon, il s'est constitué des fiches sur

[19] Devenu BASF par la suite.

les travailleurs de Tourcoing. Mais ces fiches ne servent pas que pour les occupants, cela sert aussi pour certains industriels de la région lors des embauches. C'est durant ces années, que Mathon à Roubaix et Ley à Tourcoing ont pu se constituer de précieux documents compromettants sur le patronat textile de notre région, et sur la collaboration de celui-ci avec l'occupant.

– Je commence à comprendre ! Mais que peuvent bien contenir ces documents compromettants ?

– Je soupçonne que pour beaucoup, ce sont des demandes de faveurs aux autorités allemandes, mais aussi des dénonciations. On m'a décrit aussi les évènements lors du 1er mai 1916, à l'époque j'étais prisonnier en Allemagne. Les autorités allemandes avaient convoqué toutes les personnes faisant partie des services municipaux, à l'usine caserne d'Avelghem. Ils étaient alignés devant l'occupant. Votre femme y avait échappé, elle était souffrante m'a-t-on dit. Bref, Le colonel Hoffmann les passe en revue, accompagné par ses officiers, et au milieu d'eux, Eugène Mathon. Le capitaine Bauer, l'un de ses amis proches, leur précise en riant que « leur mandat est terminé ». L'un des adjoints lui répondit que non, leur mandat est prorogé. Le conseil municipal de l'époque était persuadé que Mathon lorgnait le poste de maire, pensant qu'il serait désigné par les Allemands. En attendant cet espoir, il était venu assister à l'arrestation d'un adjoint de la ville, De Brabander, qui fut expédié en Allemagne.

– De Brabander, évidemment, l'âme du journal « La bataille » qui a attaqué à plusieurs reprises avant la guerre Mathon et ses méthodes.

– J'avais aussi écrit quelques articles dans son journal, mais la cheville ouvrière, c'est lui.

– Je le connais, j'ai habité dans la rue où il tient encore son commerce de cabaretier et de coiffeur rue des Longues Haies. Pourquoi Mathon et Ley n'ont-ils pas été inquiétés à la libération ?

– Pour Mathon, sa fonction à la Croix-Rouge le mettait au-dessus de tout soupçon. Par contre pour Ley, les choses furent différentes. L'un de ses anciens collaborateurs de l'entreprise chimique l'avait dénoncé à la sûreté en novembre 1918. Un rapport de police avait été rédigé, or celui-ci a disparu, aucune trace ni à la sûreté, ni à la préfecture. Volatilisé ! Une autre déposition avait été faite devant le commissaire principal Lenfant de Tourcoing, disparu également. Troublant !

– Comment plusieurs rapports ont-ils pu disparaître ?

– J'ai mon idée là-dessus. Un des collaborateurs de la préfecture du Nord après la guerre a été embauché par le Consortium. C'était le commissaire spécial chargé de toutes les activités politiques. Et puis, il y a Wibaux, Joseph Wibaux.

– Le Président de ce syndicat !

– Oui, celui qui maintenant, tient une place plus symbolique dans ce mouvement, mais qui fut très puissant après la guerre. C'est lui qui dirigea le comité de défense des droits des industriels de la région pour les dommages de guerre. Il obtint d'énormes montants qui furent versés par l'Allemagne, des dizaines de millions de francs-or. Une partie fut employée à la reconstruction, mais une autre resta disponible en liquidités et mit sur des comptes bancaires, à la discrétion de ce Consortium pour aider les industriels. Lui aussi a apporté son soutien sans faille à Ley. Une haine importante s'est développée entre certains industriels. Joseph Wibaux a accusé l'année dernière Eugène Motte d'avoir trahi sa patrie durant la guerre, lui un résistant, déporté, puis il s'est récusé en présentant ses excuses.

– On en revient souvent à ce qui s'est passé durant l'occupation allemande.

– C'est vrai, étant déporté à partir du printemps 1915, je n'ai pas pu tout savoir sur ce qui s'est passé durant les trois années qui ont suivi.

– Il faut mettre tout cela en prose, l'écrire, le faire savoir.

– Je vous propose d'écrire dans notre journal national, « Le Populaire », et sous un pseudonyme ! Ne sous-estimez pas Eugène Ley, il est diabolique ! Il va s'en prendre non seulement à vous, mais aussi à votre femme, à vos enfants, à vos amis, sous couvert de ses « notes confidentielles » qu'il fait fuiter dans la presse. Essayez aussi d'enquêter sur la collusion de ce sinistre personnage avec Henri Lauridan, l'ancien secrétaire général de la CGTU.

Chapitre 6. 189, rue de l'Épeule, Roubaix

Le Petit journal du vendredi 15 mai 1931

« Monsieur Landry, le ministre du travail a reçu les délégués des syndicats CGT et CFTC de Roubaix-Tourcoing. Ceux-ci ont expliqué, que déjà touché par du chômage partiel, ils ne pouvaient accepter une baisse de salaire. »

– Alors tu avances dans ton enquête ?

Julien regarde son ami l'abbé Morin, et hoche la tête. Ils sont tous les deux dans l'estaminet. À cette heure tardive de la matinée, l'endroit est calme. Julien a fait en sorte qu'il en soit ainsi. On y sert principalement de la bière, pas d'alcool fort, et des planches de charcuterie et de fromage pour accompagner. De nombreux jeux occupent ses clients, à l'intérieur, les jeux de grenouille[20], de toupie et les billards, à l'extérieur, dans la cour attenante, le jeu de bourles[21]. Ce jeu a ses adeptes, et ses équipes. Il organise des concours tous les dimanches matin, qui lui permettent de différencier

20 Se joue avec des palets qu'il faut lancer à trois mètres de la bouche d'une grenouille en fonte, le but est de faire entrer les palets dans le ventre de l'animal.

21 Jeux de boules (ou de bourles) qui se pratiquent encore de nos jours. La bourle est un disque en bois de 30cm de diamètre et de 15cm de largeur. Le principe est de placer les bourles le plus près possible de l'étaque, un disque de cuivre.

son estaminet des autres du quartier. C'est un lieu familial, pas de disputes, pas de cris, pas de harangues politiques, et peu de personnes ivres. Julien loue aussi la salle pour des mariages, des baptêmes, des communions, à charge pour les clients de s'occuper du repas. Pour l'aider, il a embauché quelques semaines après son acquisition, deux frères, Médard et Marcel Andrieu, inséparables, quelques années d'écart, la trentaine, ils habitent la cour Senelar, au 137 de la même rue. Tour à tour serveurs, hommes à tout faire, et videurs, quand l'occasion le nécessite. Ils lui permettent de ne pas devoir être présent en permanence.

— Pour répondre à ta question, oui, mais il me manque encore quelques éléments. L'idée serait de sortir un numéro spécial dans un journal national, avec de nombreux articles. Nous ne pourrons pas le faire avant que cette foutue grève n'éclate. Il est déjà trop tard.

— Et ta rencontre avec le maire ?

— Très instructif ! Je commence à mieux comprendre les rouages et les ressorts de ce mouvement syndical patronal et les fondements de cette dictature de Ley, dont on parle dans la presse. Que peux-tu me dire de la CGTU ?

— Difficile de comprendre leurs motivations ! Ils sont très liés au Parti communiste, et proches des thèses de Lénine, mais je ne les comprends pas. À l'origine, ils sont issus d'une minorité du syndicat CGT. Maintenant, ils passent plus de temps à pourchasser les minorités révolutionnaires et anarchistes de leur syndicat à revendiquer des avantages et acquis sociaux pour les ouvriers. Pacifistes pendant la guerre, révolutionnaire à l'armistice, ils cherchent souvent l'affrontement même au sein de leur mouvement. En 1924, lors d'une assemblée il y a eu deux morts parmi les permanents. Certains sont partis rejoindre le mouvement majoritaire socialiste, la CGT, d'autres ont créé un groupement révolutionnaire, la CGT-SR. On s'y perd, mais le véritable perdant dans ces histoires, c'est l'ouvrier.

– Henri Lauridan, cela te dit quelque chose ?

– Il me semble qu'il était secrétaire de la CGT dans le Nord, puis de la CGTU au début de la décennie !

– Exact, il est maintenant membre du conseil supérieur du Faisceau[22].

– Passer de l'anarchisme, au communisme en terminant chez les fascistes, le parcours est saisissant.

– Il n'est pas le seul. Mais le plus intéressant, c'est le début de sa carrière. Membre du parti socialiste, il entre au

[22] Premier parti fasciste français, créé en 1925, faisant référence à Mussolini, fondé par des dissidents de l'Action française qui trouvaient archaïques les positions royalistes du mouvement.

conseil municipal de la ville d'Halluin en 1919. Je passe sur les années suivantes. On le voit poursuivre un brillant avenir, jusqu'à son exclusion du Parti communiste en 1926, qu'il avait rejoint quelques années plus tôt. On l'exclut pour des attaches suspectes qu'il aurait entretenues avec la police de la préfecture du Nord. Un homme politique belge l'avait accusé dès 1921 de complicité avec le Consortium du textile et d'avoir été soudoyé par Ley. Il avait fait décider après deux mois de grève la reprise du travail à Tourcoing, faisant croire que Roubaix avait déjà voté la fin de celle-ci. C'était faux, mais les ouvriers sont retournés dans les usines. Les socialistes l'ont accusé d'être un indicateur, mais aussi quelque temps plus tard, les communistes. Ceux-ci font même état de faits malhonnêtes, relevant du droit commun, qui aurait entraîné sa démission de la mairie et son recrutement par la police qui le faisait chanter. Des rumeurs font état d'une somme d'argent que Désiré Ley lui aurait donné, en échange de faire voter la fin de la grève.

– Triste sire !

– Il est l'heure d'aller voir Eugène Motte, j'ai obtenu un entretien en lui écrivant que je souhaitai avoir des renseignements sur la « dictature de Ley » dans notre ville. Tu m'accompagnes ?

– Tes fréquentations, mon ami, laisse deviner une élévation certaine dans la haute société de notre métropole.

Ils durent patienter quelque temps avant d'être reçu par l'industriel.

– Que puis-je pour vous, Messieurs ?

– Bonjour, Monsieur le Député ! Notre démarche va vous surprendre, mais nous essayons de voir s'il est possible d'arrêter cette grève qui s'annonce et qui risque de nous apporter la misère dans notre ville. Mon ami est membre du syndicat CFTC, et nous voulons dénoncer la folie du Consortium et de Ley, de vouloir baisser les salaires. Écrire sur le sujet est peut-être un moyen !

– Trop tard, Messieurs, trop tard ! Elle est déjà décidée depuis longtemps par ces dictateurs.

– Un mot souvent employé, Monsieur le Député !

– Un jour, j'ai entendu ce Ley me dire : « je suscite les grèves, je les allume quand je veux. Ce sont de petits incendies allumés et entretenus qui empêchent le grand incendie que serait une grève générale. Quand les ouvriers voient leurs camarades grévistes qui ont faim, ils se détournent. » Non, c'est un mot juste, et bien employé ! Alors, oui, je suis contre ce genre d'esclavage, comme mon ami Olivier[23], que ces hommes, Mathon et Ley, veulent instaurer au beau milieu de ce siècle. Savez-vous que les méthodes de ces hommes nous ont coûté le privilège de compter le plus de jours d'arrêt dans notre région et pour notre industrie, que partout ailleurs. Cela devient une menace pour notre profession.

– On dit qu'il bénéficie de certaines complicités chez les syndicats.

– Vous avez certainement raison, il suscite des grèves, pour mieux s'en rendre maître par la suite, et faire pression sur nos industriels !

– Vous l'avez pris à partie sur le quai de la gare, l'année dernière !

– Comment supporter un homme qui a collaboré et se sert de certains dossiers qu'il a dérobés avant la libération de notre région par les Anglais ! Quant à moi, il m'avait accusé de trahir la France !

---

23 Maurice Olivier-Dewavrin était le responsable de la chambre syndicale métallurgique de Roubaix-Tourcoing, mais aussi patron textile.

Chapitre 7. 189, rue de L'Épeule, Roubaix

Le Petit journal du samedi 16 mai 1931

« D'après les instructions données par les dirigeants du syndicat CGTU, la grève générale doit s'étendre non seulement aux établissements affiliés au Consortium de l'industrie textile de Roubaix-Tourcoing, mais aussi aux établissements non adhérents, même à ceux qui se sont séparés du Consortium à la suite des dernières grèves.. »

– À croire que le Consortium et la CGTU sont de mèche, Monsieur l'abbé.

– Je sais, Achille ! Nous allons nous rassembler ce soir au café de l'Univers, je voudrais que tu participes au bureau. Il y aura un vote comme d'habitude, après avoir entendu tous ceux qui prendront la parole. Nous devons voter pour ou contre.

– Il n'y a pas grand monde favorable à une grève, Monsieur l'abbé, mais en même temps comment accepter une baisse de nos salaires. Que faire ?

– Je vais la proposer pour les usines qui baissent tout de suite les salaires, et le maintien du travail pour celles qui ne baissent pas les salaires, c'est juste !

– Monsieur l'abbé, vous savez bien que les révolutionnaires vont mettre des piquets partout et surtout dans les fabriques qui ne veulent pas baisser les salaires. Ils vont faire venir des ouvriers communistes d'Halluin et d'ailleurs. De ce fait, les gardes mobiles seront postés aux grilles, des heurts vont se produire, il y aura des coups et des blessés, voire pire. Nos camarades, et nos femmes vont prendre peur, ils ne voudront pas de ces bagarres devant les grilles. Ils voudront attendre que cela se calme, et puis les incidents éclateront comme toujours, et puis la misère va s'installer comme toujours, et puis…

– Et puis, quoi, Achille que devons-nous faire ? Laissez les salaires baisser ! Bon, de toute façon, c'est samedi, on votera pour ou contre. Il faudra cependant, et quelle que soit la décision de nos militants, poursuivre sans relâche les négociations. Je te laisse, il faut que je parte.

Achille a fait ce qu'il a pu pour dissuader l'abbé de soutenir cette grève. Il allait devoir le trahir, le tromper, et dissimuler dans sa chambre du couvent des Clarisses[24], non loin de l'église Saint-Sépulcre où il officie, les papiers qu'on lui a fournis. Il ne sait même pas ce qu'ils contiennent, il ne sait pas lire. Il sait juste écrire son nom, cela suffit pour les actes officiels, notamment quand il avait dû, vingt ans plus

---

[24] Le couvent et l'école associée devinrent un bastion du syndicalisme chrétien durant les années 1930.

tôt, signer le registre d'état civil lors de la déclaration de naissance de son fils.

Il n'a pas tout compris non plus, quand à l'hôpital de Roubaix, le médecin lui a expliqué de quoi souffre sa femme, Pauline. Elle se plaint depuis des mois de douleurs à la tête, parfois elle tombe et reste prostrée durant des heures. On lui a dit qu'elle fait des crises d'épilepsie, qu'une grosseur, une « tumeur », se développe dans sa tête, et qu'elle va mourir si on ne l'opère pas rapidement. Mais avec quel argent ? Alors, il en a parlé autour de lui, a fait le tour de ses amis, de ses connaissances, pour trouver l'argent nécessaire. Mais il en faut beaucoup plus. Un jour, un agent du Consortium l'a abordé dans la rue. Il lui a précisé qu'on lui remettrait une forte somme d'argent, de quoi sauver sa femme, en échange de…Pourquoi donc a-t-il accepté ? Il n'a pas trop réfléchi, et pourtant maintenant encore… Il dirait oui ! Sans Pauline, à quoi bon vivre !

———

Morin ouvre la porte de l'estaminet, il y règne comme souvent une quiétude agréable, les groupes de joueurs s'entraînent dans la cour, on entend le bruit des bourles qui roulent sur le sol, titubent sur la piste, puis tombent lourdement, avec l'espoir pour les joueurs, que cela soit le plus près possible du petit disque de cuivre de quelques centimètres. Chaque équipe de quatre personnes a son commandant. Julien regarde les équipes.

– Alors, que décide ton syndicat ?

– Le vote aura lieu ce soir, au café de l'Univers, si on arrive à faire rentrer tout le monde. Mais nul ne doute que l'arrêt du travail sera voté.

Jean-Gustave, le communiste de la courée, est prêt, la CGTU a voulu l'action de suite, partout avec les piquets aux portes des usines. On ne laissera pas entrer ceux qui voudraient travailler, on les empêchera par la force, s'il le faut. Il a vu les pelotons de gardes mobiles à pied et à cheval, arrivés dans la ville. Le préfet a voulu que l'ordre soit respecté. Lundi, le 18 mai, cela sera le début. Il ne faut aucun ouvrier dans les ateliers, et tant pis pour les gardes mobiles aux portes des fabriques. Si jamais, ils accompagnent ceux qui veulent travailler, et bien le soir, quand ceux-ci rentreront chez eux, on les bousculera. Le lendemain, c'est sûr, ils ne voudront plus rentrer dans l'usine, ils auront peur. C'est toujours comme cela. Leur journal, l'Humanité, l'a précisé dans l'édition du jour, les syndicats confédérés ou chrétiens, veulent toujours négocier. Ce sont des pourparlers de trahison, sur le dos des salariés. C'est pour cela, qu'il est parti lutter avec la CGTU, lors de la scission en 1921. Lors du dernier congrès, il a voté avec la majorité communiste, pour exclure les minoritaires anarchistes qui refusaient l'alignement sur le parti communiste et sur la ligne de Moscou. Cette minorité a signé le mois dernier un manifeste pour l'unité syndicale. Ah, non ! Ils sont devenus les alliés des bourgeois et des patrons, comme ce Léon Jouhaux, le responsable de la CGT socialiste.

Claudius Richetta, le secrétaire de la fédération du textile de son syndicat, lui a demandé de participer à la réunion de ce soir de la CFTC, et de combattre toute tentative de compromis, quitte à provoquer des troubles. Marie, sa femme n'aime pas ses engagements politiques et syndicaux, souvent elle le lui reproche ! N'empêche, elle ne dit rien, quand il ramène l'argent qu'il a perçu comme permanent et puis, il a beaucoup d'avantages en nature. Ils ne sont pas trop regardants au syndicat sur les frais de sa charge.

Chapitre 8. 189 rue de L'Épeule, Roubaix

L'Humanité du dimanche 17 mai 1931

« Les communistes de la CGTU sont pour la discussion, mais sous le contrôle des ouvriers, et notre camarade Staline a nettement indiqué notre position sur cette question. Les chefs, les traîtres de la CGT et de la CFTC peuvent toujours discréditer notre syndicat, nos militants se prononceront toujours contre les pourparlers de la trahison.»

– Des inepties, Julien, des mensonges !

– L'abbé, si on lit avec un peu d'attention cet article, on s'aperçoit vite de la contradiction. Si ce sont eux qui négocient, ce sont des discussions constructives pour le bien des travailleurs. Si c'est vous, ce sont les pourparlers de la trahison. Et comme ils refusent de s'associer à vous, lors des négociations avec le Consortium, le tour est joué. Ley et son groupe ont encore de beaux jours devant eux. Alors, cette réunion ?

– Quelques incidents, comme on pouvait s'y attendre, mais comme la grève a été votée, les perturbateurs de la CGTU n'ont pas trop réagi.

– J'ai encore besoin de toi, tu vas me servir de témoin, un prêtre cela donne confiance !

– Dans quoi m'embarques-tu ?

– On va discuter avec un ancien collaborateur de Ley, en toute discrétion, j'ai pris contact avec lui, il est prêt à nous confier certaines pratiques de son patron. On va le rencontrer dans l'église Saint Elisabeth, tu ne seras pas trop dépaysé.

Les trois hommes étaient agenouillés dans les dernières rangées. L'office ne remplissait pas le lieu, trop tôt pour la plupart des fidèles.

– Sachez que je veux dénoncer l'homme qui porte une haine aux ouvriers et qui trahit les employeurs qu'il sert. Je connais Ley depuis 37 ans. C'est un être malfaisant et méprisable. Il a bâti sa domination sur le chantage, car travaillant à la kommandantur à la fin des hostilités, et alors que les Allemands évacuaient, il a dérobé toutes les lettres compromettantes et tous les documents qui mettaient en cause le patronat de notre région. J'ai eu ces documents en main. J'en connais l'importance. C'est avec cela qu'il exerce une domination faite de terreur pour ceux qui le subissent, le méprisent et le redoutent. Ces documents volés devaient être remis à la fin des hostilités à une commission franco-britannique, qui devait statuer sur la collaboration des entreprises textiles avec les autorités allemandes. Ley, ayant compris le parti qu'il pouvait en tirer, les a dérobés et conservés. Il s'en est fait une arme. Plus tard, devant le commissaire central de Tourcoing et deux inspecteurs de la Sûreté, envoyés pour enquêter sur le personnage, je l'ai accusé de complicité avec les autorités allemandes et j'ai parlé des documents, mais il n'y a pas eu de suite. Après la guerre, j'ai travaillé au Consortium quelques mois. J'étais enquêteur pour le secteur d'Halluin, et je pensais devoir régler les conflits au mieux des intérêts du patronat.

Au début de mon engagement, intervenant dans cette ville, à la suite d'un conflit qui venait d'éclater, j'avais ramené le calme et réglé le différend. Je me suis pris une réprimande importante de sa part. Cela me révéla le rôle louche qu'il jouait : « *Vous avez eu tort d'arranger sitôt cette affaire, me dit-il. Il fallait la faire durer, même l'envenimer. Il est bon que nous ayons ce foyer communiste d'Halluin pour faire peur à nos adhérents. Si tout était calme, nous ne pourrions justifier notre action* ».

La grève de 1921, si longue et si néfaste à l'industrie, et dramatique pour les ouvriers, a été fomentée, voulue, et préparée par lui. Elle lui a permis de s'emparer des 21 centimes de prime de vie chère que ceux-ci ont dû abandonner, pour créer, avec cet argent, les allocations familiales, que voulait mettre en place Mathon..

– Comment a-t-il été mis en contact et servi les Allemands ?

– C'est simple ! À la déclaration de guerre, Ley, malgré l'ordre donné à tous les hommes de 18 à 50 ans de gagner l'intérieur de la France, est resté en pays occupé. Il était alors contremaître de teinturerie, et était en relation avec la Badische Aniline. Comme il s'occupait de teinture, il recevait souvent les émissaires de cette firme, quand ils venaient à Tourcoing. Il s'enfermait avec eux, et les discussions étaient longues, je travaillais dans cette teinturerie, je les voyais. C'est certainement grâce à ces contacts qu'il a été mis en relation avec la Kommandantur à la fin de l'année 14. J'ai su qu'il était chargé de réquisitionner la main-d'œuvre civile.

L'année dernière, il a été mis en disponibilité du Consortium, et sa signature ne figurait plus au bas des documents, ses opposants avaient réussi à le disqualifier. Il a dû menacer de faire un scandale, et de dévoiler certaines pratiques, car il est de nouveau en faveur.

Laissant leur informateur, et sortant de l'église, ils prirent le chemin de la rue de l'Épeule.

– Julien, comment faire connaître toutes ces pratiques ignobles ?

C'est dimanche. On a organisé une petite fête dans la cour Lepers, le temps est de la partie. C'est comme toujours, Louis et sa femme Gilberte, qui l'ont organisée. Celui qui calme les tensions de ce petit monde clos, difficile à vivre, quand on sait que l'arrêt qui se profile va engendrer la perte des salaires, la misère, la faim, les dettes, les tensions, et les colères.

Louis sait cela, c'est pour cette raison qu'il a voulu ce repas pour les habitants. Tout le monde doit y participer, même Napoléon qui pour une fois, semble satisfait de ce repas qu'on a préparé au milieu de la cour. Henri, le tisserand flamand, a sorti son accordéon, c'est sa seule richesse, il ne le vendrait pour rien au monde, même s'il devait mourir de faim. C'est son passe-temps, sa distraction, son bonheur. Il joue bien, les voisins ne se plaignent pas. Félicie, la mère de Louis a préparé des gâteaux avec ce qu'elle avait, c'est-à-dire presque rien. Tout le monde participe. La règle, chacun amène quelque chose. Achille a négocié les saladiers de frites de l'Univers. La femme de Gustave, le magasinier du 4, a préparé la charcuterie, Jean-Gustave, le communiste, de par ses contacts a déposé le vin et la bière sur la table dressée au milieu de la cour. François, celui qui ne veut pas d'histoire, a été cherché le fromage en Belgique, car tout est moins cher qu'en France. Virginie et sa belle-fille Mireille ont préparé les salades et les patates. Il manque le mari de Mireille, Aristide, il doit traîner encore dans les bistrots. Même Rosalie, la femme de Napoléon a apporté des sardines. Louis a dit à Adeline de ne rien acheter. Elle n'a pas beaucoup d'argent elle fera mieux la prochaine fois. La famille d'Henri et d'Augustine avec leurs enfants complète le tableau, sauf le fils Henri qui doit traîner dans quelques endroits à réfléchir à quelques mauvais coups. Ils ont préparé le café, et une liqueur, qu'ils gardent pour les grandes occasions, et c'en est une. Jules, le marchand des quatre saisons, s'est occupé des légumes et des fruits, métier oblige.

Mais au fur et à mesure que la fête se déroule, après la gaîté du début, les rires et les conversations animées, le silence s'installe. Louis a du mal à le rompre, car les heures s'écoulent, le soir va bientôt venir, puis la nuit, et le petit matin. Ce matin du lundi 18 mai va arriver, où les portes des usines vont s'ouvrir, et devant les grilles on verra les piquets de grève et les cordons de gardes mobiles. Le matin où le silence va régner dans les ateliers. Le matin où le bruit des machines et des tissages ne viendra pas assourdir leur quotidien. Le matin où ils ne pourront plus refaire les mêmes gestes au travail.

Chapitre 9. 139 rue des Arts, Roubaix

L'Excelsior du lundi 18 mai 1931

« La grève du textile est effective dans la région de Lille-Roubaix-Tourcoing. À Roubaix, les gendarmes sont positionnés dans le quartier des filatures, des patrouilles à cheval circulent dans la ville d'Halluin.»

– Alors, combien d'ouvriers ?

– Presque tout le monde, Monsieur ! La grande majorité est en grève !

– Mais je ne fais pas partie du Consortium, je ne vais pas diminuer les salaires, mon usine n'est pas concernée.

– Oui, Monsieur, cependant, il se dit que nos travailleurs ont demandé à continuer le travail, les syndicats auraient refusé. Ils veulent donner le plus d'ampleur possible au mouvement, et faire pression sur les pouvoirs publics, pour une nouvelle intervention auprès du Consortium.

– C'est idiot !

C'est son grand-père qui a créé la firme, François Roussel Père & Fils, au milieu du siècle dernier. Son père, Pierre, l'a développée, et le fronton s'orne du nom de leur famille depuis des décennies. En 1928, lui, Édouard Roussel, a fait modifier la façade et transformé l'intérieur en ateliers plus modernes, pour accroître la production. Le Consortium, il s'en méfie depuis le début. Mathon, il ne l'apprécie pas avec ses airs de cardinal tout-puissant du textile. Quant à Ley, un personnage bizarre. En apparence, il est le serviteur d'un groupement, mais en réalité, il en est le maître. Petit homme rond, doté d'une myopie monstrueuse, que les énormes verres font deviner. Courbé en permanence, juste pour faire croire à sa servilité, mais qui à certaines occasions se redresse et fait apparaître que le rustre de service, le secrétaire affable et dévoué. Il est le véritable patron de ses patrons. Il doit les duper, les rouler, les mystifier, et les abuser.

Cette grève ne va lui apporter que des problèmes, Édouard en est persuadé.

– Monsieur, il y a le syndicaliste cégétiste qui veut vous voir !

– Qu'il entre !

– Voilà, votre usine n'est pas concernée par le mouvement, vous avez dit que vous ne baisserez pas les salaires.

– C'est exact !

– Il faut vous engager par écrit, sur papier timbré[25]. Et on laissera les ouvriers venir travailler.

25 Forme de papier officiel, utilisé de 1920 à 1945, à l'effigie de Marianne, avec la légende « Papier spécial », et la mention : « Actes de l'état civil »

– On ferme ! Je ne cède pas au chantage, ni à celui du Consortium, ni à celui des syndicats !

———————

– Alors mon ami l'abbé, les grévistes sont nombreux ?

– On parle de 100 000 ouvriers !

– Sur un total de 120 000 pour l'agglomération, c'est important, et demain, ils seront encore plus nombreux. Pas d'incidents !

– Non, Julien, pas pour l'instant, mais je crains le pire, les provocateurs des deux côtés sont légions. Es-tu informé de la fermeture de l'usine Roussel, près d'ici ?

– Non ! Mais je pensais qu'elle n'était pas concernée.

– Un syndicaliste est venu voir Édouard Roussel et lui a réclamé un engagement écrit et officiel de ne pas baisser les salaires. Cet imbécile a provoqué la réaction immédiate du dirigeant qui n'a pas voulu céder au chantage, et il a fermé.

– Provocation ! C'est une demande qui obligera les non-affiliés à fermer, et accroître le nombre de travailleurs dans la rue. Je me demande si certains membres de mouvements fascistes, comme le Faisceau, proches de Mathon et Ley, ne provoquent pas des incidents dont ils peuvent tirer avantage.

– Tu vas un peu loin dans tes accusations !

– Je me suis renseigné. Georges Valois, le créateur de ce mouvement a constitué un bureau dont les membres sont tous d'anciens communistes ou cégétistes. Pierre Dumas, ancien syndicaliste révolutionnaire et militant CGT, Marcel Delagrange, ancien maire communiste de Périgueux, Lusignac, ancien communiste, et bien sûr Lauridan, notre ancien secrétaire de la CGTU du Nord, ils se sont organisés. Le mouvement a éclaté il y a peu, à cause des divisions entre ceux qui se réclamaient du fascisme italien, dont Mathon, et ceux qui se réclament du fascisme révolutionnaire comme Valois.

– Julien, en attendant, les ouvriers vont souffrir énormément. Que faire pour atténuer cette misère qui va venir ?

– Bon Dieu, l'abbé, tu as toutes les cartes en main, pour faire venir les dons. Va voir ton cardinal Liénart, décide-le à verser une somme d'argent pour aider les grévistes[26], cela amènera la population à l'imiter. Demande à ton mouvement de la jeunesse ouvrière chrétienne de t'aider à aller voir les commerçants pour récolter des dons en argent ou mieux, en vivres. Que tes curés qui acceptent organisent une quête

[26] Il fit un don de plusieurs milliers de francs, et lancera un appel pour les favoriser.

supplémentaire le dimanche pour les aider. Arrête de pleurnicher et bouge-toi !

– Julien, tu es un mécréant, mais tu as raison, je vais voir Liénart de suite !

Chapitre 10. 189, rue de L'Épeule, Roubaix

L'Excelsior du jeudi 21 mai 1931

« À Roubaix, les usines sont gardées par les gendarmes. Le nombre de grévistes était hier matin de 113 000. Des forces importantes de police gardent les principaux centres textiles désertés par les ouvriers. »

– Tu es sûr de toi ?

– Oui, nous sommes deux à avoir surpris cette conversation dans le restaurant.

Médard et Marcel Andrieu se tiennent devant Julien, lui expliquant la teneur de la conversation qu'ils ont surprise au bistrot de l'Univers. Comme souvent, c'était Médard qui parle, Marcel se contentant de hocher la tête, et d'ajouter parfois une précision par rapport aux dires de son frère.

– On est parti déjeuner chez Jules. On a l'habitude de se placer sur une petite table, près du comptoir. La cloison qui sépare cette table de l'ouverture de la fenêtre où il sert les paquets de frites pour les clients extérieurs nous dissimule d'autres tables. Quand on a entendu le nom de l'abbé Morin, on a écouté.

– Vous avez reconnu ceux qui parlaient ?

– L'un d'entre eux habite dans la cour, il se prénomme Achille. L'autre non !

– Je l'ai déjà vu traîner dans le coin, Médard. Il fouine toujours pour écouter les ouvriers, c'est un mouchard !

– La sûreté ?

– Non, la police du patronat !

– Répète-moi ce qu'ils ont dit !

– Le mouchard a dit : « C'est maintenant qu'il faut agir, tu vas le voir dans son logement au couvent sous un prétexte, et dès qu'il a le dos tourné, tu dissimules le document en dessous du matelas ». L'autre, Achille, lui a dit que ce n'était pas bien de faire cela, l'abbé est un brave homme qui aide tout le monde, le mouchard lui a répondu qu'il fallait qu'il se décide, sa femme ou le prêtre.

– Sa femme ou le prêtre ? Bon, merci les frères, je vais me renseigner. En attendant, essayez de filer cet homme si vous le voyez pour savoir qui il rencontre.

———————

Julien partit vers le presbytère.

– Ah, te voilà ! Tu as vu, les incidents ont commencé.

– Oui, des vitrines d'usines ont volé en éclat. Des ouvriers non-grévistes ont été molestés.

– Des camions venant de Belgique et qui transportaient des balles de laine ont été renversées. La CGTU veut organiser un grand défilé dans les rues. Nous n'avons pas voulu nous associer de peur des provocations et des bagarres.

– Que peux-tu me dire sur un dénommé Achille qui habite dans la cour Lepers ?

– Il appartient à notre syndicat, c'est un brave homme. Pourquoi cette question ?

– Il semble qu'on essaye de le soudoyer pour te compromettre.

– Impossible ! Il est incapable de cela !

– Que peux-tu me dire sur sa femme ?

– Elle est gravement malade, je sais qu'il essaye de trouver de l'argent pour la soigner, je lui ai en donné. Il m'a précisé dimanche dernier, à ma question, qu'il a l'argent nécessaire pour la faire opérer d'une tumeur à la tête.

– Apprends que l'argent provient du Consortium par l'intermédiaire d'un membre de sa police interne qui a réussi à le soudoyer, en lui donnant la somme nécessaire.

– Mais comment peut-il me compromettre ?

– En cachant des documents dans ta chambre pour que la police les découvre.

– Quels documents ?

– Certainement des papiers faisant le lieu entre toi et les mouvements révolutionnaires. Ainsi on pourra discréditer ton syndicat chrétien et démontrer que vous êtes de mèche avec les communistes. Ce que s'efforce de clamer Mathon, sans grand succès jusqu'à maintenant. Mais avec cette manipulation, il aura beau jeu de l'imprimer dans les journaux locaux et nationaux. Le scandale rejaillira sur tout le mouvement syndicaliste libre.

– Je vais aller voir Achille et on va s'expliquer.

– Non ! Surtout pas ! La prochaine fois, on ne verra pas le coup arriver. Ce sont les frères Andrieu qui ont surpris une conversation. La chance n'arrive qu'une fois. On va laisser faire. Ton gars profitera de sa présence dans ton logement pour laisser les papiers. Dès sa sortie, on les remplace par d'autres.

– Justement, il m'a demandé de passer me voir, il voulait me parler de la grève. Mais que veux-tu dire par « les remplacer par d'autres » ?

– Il faut que ce piège se referme sur Ley pour le discréditer. La police doit découvrir un témoignage de sa fourberie, mais qui ne doit pas te compromettre. Je vais y réfléchir rapidement. Pour me laisser un peu de temps, remets

la visite de ton bonhomme, ne le laisse pas entrer, dis-lui de
passer demain, j'aurai eu le temps de m'organiser.

Chapitre 10. 189, rue de L'Épeule, Roubaix

L'Excelsior du samedi 23 mai 1931.

« Le ministre du travail a reçu hier les représentants des patrons et des ouvriers. De nouvelles réunions auront lieu mercredi»

Julien lit la presse. Tout est en place. Dans l'après-midi, Achille doit passer voir Morin. Il placera les documents que l'on détruira tout de suite et on les remplacera par ceux qu'il a imaginés. Il sera sur place avec sa femme Denise. Il lui a tout expliqué, a un peu hésité avant de lui demander d'être à ses côtés. Elle a levé ses doutes, une institutrice de Roubaix, directrice de surcroît de l'institution de jeunes filles, l'institut Sévigné, cela fait un témoin de choix irréprochable.

« Je viens dénoncer devant l'abbé Eugène Morin, et avant de le faire publiquement, l'homme néfaste qui a voué une haine au peuple et qui trahit les patrons. Je connais Désiré Ley depuis 37 ans. C'est un être malfaisant et méprisable. Il a bâti sa domination sur le chantage, car étant à la kommandantur à la fin des hostilités, il a volé toutes les lettres compromettantes et tous les documents de nature à mettre en cause le haut patronat roubaisien. J'ai eu ces documents en main. J'en connais l'importance. C'est

avec cela que Désiré Ley a exercé une domination faite de terreur envers ceux qui le subissent, le méprisent et le redoutent. Désiré Ley ayant compris tout le parti qu'il pouvait en tirer, les a conservés. Il s'en est fait une arme. Pendant 14 mois, j'ai travaillé au Consortium. J'ai été le collaborateur de Désiré Ley, et j'ai pu, tout à loisir, voir manœuvrer cet homme. Chargé plus particulièrement du secteur d'Halluin, j'ai dû un jour aller dans cette ville, à la suite d'un conflit qui venait d'éclater. En quelques heures, j'étais de retour, ayant ramené le calme et réglé le différend. J'ai subi alors de Désiré Ley, une verte réprimande. « Vous avez eu tort d'arranger sitôt cette affaire, me dit Ley. Il fallait la faire durer, même l'envenimer. Il est bon que nous ayons ce foyer révolutionnaire d'Halluin pour faire peur aux patrons. Si tout était calme, nous ne pourrions justifier notre action. »

Fait à Roubaix, le 20 mai 1931, signé E.R.

Copie envoyée aux journaux, Le Parisien, Le Figaro, La Croix, Le Gaulois, l'Excelsior.

Julien a mis du temps à imaginer le piège. Son informateur a hésité avant d'écrire cette lettre de dénonciation, puis l'assurance que son nom n'apparaîtra pas et que cela ne finira pas devant les tribunaux l'a rassuré.

Découvert par la sûreté au domicile de l'abbé, le document à coup sûr disparaîtra, mais la dernière mention qu'il a imaginée provoquera la panique dans le camp adverse, et certainement leur fera publier des démentis qui viendront susciter les questions des journalistes.

– Tout est prêt, l'abbé !

– Vois-tu Julien, ce n'est pas mon sujet de préoccupation aujourd'hui. Je commence à voir les premiers signes de la misère qu'engendre la grève. Les plus faibles sont aux premières loges. Je suis passé dans la cour Lepers, une parmi toutes les autres. Inutile de parler d'Achille, plus préoccupé par son action néfaste qu'autre chose, mais je ne le blâme pas, la vie de sa femme est en jeu. Gustave, son voisin n'a plus d'argent, la faim commence à se faire sentir. Sa femme Suzanne a voulu travailler dans son usine, elle a été frappée au visage par des travailleurs qui empêchaient d'autres de rentrer. Jean-Gustave, le communiste, passe son temps au troquet de Jules, qui lui ne se plaint pas, les premiers jours d'une grève il y a toujours du monde, mais après il n'y a plus personne, car il n'y a plus d'argent. François subit comme toujours, non syndiqué, donc pas aidé. Je l'ai envoyé avec un mot à notre comité de secours. Virginie, la vieille dame très digne, ne dit rien, Mireille, sa belle-fille, ne bosse plus, du coup son mari Aristide n'a plus d'argent à dépenser au bistrot, mais ils n'en ont pas non plus pour manger. Henri, et sa femme continuent à aider leurs voisins, alors qu'ils sont aussi dans la misère. Napoléon, le vindicatif, passe son temps à trouver ce qu'il pourra faire pour nuire à ses voisins, et Louis, malgré son assurance et sa gentillesse, ne sait plus quoi faire. Quant à Adeline, je n'en parle même pas, déjà en temps normal, c'est la pire des détresses, alors là, c'est la désolation. Henri et sa femme Augustine s'en sortent un peu mieux grâce au boulot de leurs filles et du fils Henri, le marchand des quatre saisons.

– Tu ne peux que soulager leur misère, Eugène, tu n'es pas responsable des manœuvres du Consortium, raison de plus pour les disqualifier. Joue ton rôle avec Achille, dès sa sortie de ton logement, j'interviens avec Suzanne. Les frères seront là pour prendre les documents qu'il aura dissimulés et les emporteront. Avant de les détruire, je voudrais en prendre connaissance. Pars maintenant, il ne devrait pas tarder à venir te voir.

Les deux frères ont rejoint Julien.

– Alors ?

– L'homme que nous avons surpris s'est rendu au siège du Consortium, place de la Fosse aux Chênes[27]. Il a rencontré Paul Delvoye, c'est ce que nous a dit le planton que l'on a interrogé.

– C'est le neveu et le collaborateur de Ley.

– On s'est renseigné. On nous a dit qu'il est le patron du service de contrôle des salaires de leur commission. Des hommes qui vérifient les salaires dans toutes les usines affiliées, et cela toutes les semaines. En fait, en vérifiant les sommes payées pour les heures travaillées, ils surveillent les responsables, les ouvriers mécontents et établissent des fiches. Ils dispensent des conseils si des conflits se produisent.

– Renseignez-vous sur l'embauche de ces surveillants, d'où viennent-ils ?

– Monsieur Julien, on savait que vous alliez nous poser la question ! Ce sont des membres du Faisceau, tous anciens policiers !

---

[27] Au début du XVIIe siècle, un fossé fut construit reliant deux cours d'eau le Rieu et l'Epierre à Wattrelos sur les vestiges de l'ancienne enceinte du château de Roubaix, la fosse aux chênes en faisait partie.

Chapitre 11. 189, rue de L'Épeule, Roubaix

Journal de Roubaix du samedi 13 juin 1931.

Julien parcourt le journal en se disant qu'il fallait s'y attendre. C'est le fait de l'intransigeance de Ley qui continue à refuser toute concession et fait échouer toutes les tentatives de médiation qu'elles viennent du cardinal Liénart ou du ministre du Travail Laval. Le déblocage de la situation est venu des indépendants. Alfred Motte a proposé, en échange d'une reprise, de limiter la baisse des salaires à 3% au lieu des 10% de Ley, et de la reporter au 1er septembre suivant.

Cette proposition a reçu le soutien de plusieurs entreprises et a été acceptée comme base de discussion. Cependant, l'entrevue avec la CGT n'a abouti à aucun résultat. Près de quatre semaines de grève, la municipalité a débloqué d'urgence une seconde aide de 500 000 francs. Mais c'est à peine suffisant pour donner à manger aux milliers de grévistes durant quelques jours.

La proposition de Motte a été rendue possible de par le scandale qu'a provoqué le papier retrouvé par la police au domicile du prêtre, et que les journaux ont publié : « *Désiré Ley démasqué. La tyrannie de Ley et son passé trouble* ». Les dissidents du Consortium deviennent plus nombreux. On cède de moins en moins aux injonctions de Mathon et de Ley. Ils doivent commencer à sentir le vent de la défaite. Julien s'attend à une réaction violente de leur part et à des coups tordus. Il a pris connaissance des « papiers » que l'on devait retrouver dans la chambre de son ami Morin.

« *En tant que syndicaliste et prêtre, j'exhorte tous les industriels de céder aux revendications de notre syndicat sous peine de l'enfer. Je refuse les secours de l'infâme capital pour venir au secours des enfants de ma paroisse. Il faut que nos frères communistes puissent poursuivre leur magnifique travail de s'opposer au syndicat patronal et à ses tentatives de négociation, etc. ».*

Le reste du document était de la même teneur, pas très plausible pour un observateur de la vie de la ville et de ses conflits actuels.

Le journal décrit tous les incidents et les violences de la vieille. Le soir, des incidents ont éclaté, défilé, barricades, saccages. Bien sûr, les gardes mobiles ont riposté et ont pénétré dans les courées. Les maisons sont fouillées, et des arrestations sont faites. Les ouvriers ont dépavé la rue des Longues Haies d'où est partie l'émeute, pour entraver les charges de cavalerie. La nuit a permis à la longue que le calme revienne. Le maire Lebas a lancé un appel ce matin pour demander aux ouvriers de ne pas céder aux provocations des communistes et aux agents provocateurs de toute sorte. Un magasin de voitures d'enfant a été incendié. Les manifestants se sont acharnés, car c'est dans ce magasin que quelques heures plus tôt, on a soigné un lieutenant de gendarmerie qui avait été blessé. Les commerces de la rue de Lannoy ont souffert, subissant pour la plupart des pillages. Le comité intersyndical de Grève a aussi lancé un appel au calme.

– Bonjour Monsieur Julien !

– Salut les frères ! Vous devez avoir votre idée sur ces manifestants.

– On dit que ce sont les communistes venus d'Halluin. Ils sont arrivés en voiture, ont entraîné facilement les ouvriers des courées des Longues Haies, et puis cela a dégénéré. Ils avaient tenté le coup lundi dernier[28] en essayant de prendre d'assaut le siège du Consortium, ils se trouvaient en marge de la manifestation, et au moment de la dislocation, ils ont essayé d'entraîner les ouvriers.

– Des communistes en voiture, c'est bizarre, non ! D'habitude ils se déplacent à pied ou en tramway.

– C'est aussi notre avis, Monsieur Julien, vous voulez que l'on se renseigne !

– Oui, je suis de nature très curieux pour savoir quels sont ces « communistes », qui se déplacent en voiture. Et qui propagent ce genre de nouvelles ?

– C'est le commissaire de police de Roubaix, et le représentant de la préfecture.

Julien a reporté à plusieurs reprises son projet d'aller rencontrer son ami De Branbander. Il prend alors le chemin de la rue des Longues Haies qu'il connaît bien.

– Alors, Charles, tu coiffes toujours aussi mal tes clients ?

---

[28] Le 8 juin, le calme revint rapidement, après des charges violentes des gardes à cheval qui firent de nombreux blessés.

– Julien ! Ça fait longtemps ! En fait s'ils ne sont pas contents, je leur propose de les raser gratuitement. La plupart refusent, je ne sais pas pourquoi ! Je suppose que ta visite est intéressée.

Il n'y avait pas de client pour l'heure, et à son habitude, De Brabander rédigeait sur un coin de table ses articles pour son journal, « Le Cri du Nord ». Son ton, acéré et spirituel, faisait toujours mouche. Ses articles contre le patronat et les puissants, souvent en patois, étaient lus par une majorité d'ouvriers du textile.

– Toujours à recruter des rédacteurs bénévoles dans ton commerce ?

– Toujours ! Et en plus comme je les paye avec des boissons, et non avec des coupes gratuites, ils sont contents. Que veux-tu savoir ?

– D'où vient la police de Ley ? Où sont-ils recrutés ?

– Bonne question, après la dissolution du Faisceau en 1928, Georges Valois, son fondateur a créé le Parti Républicain Syndicaliste. Son évolution vers les idées de la gauche a fait se sauver Mathon, et d'autres. Il lui a retiré sa manne financière qui l'avait aidé à créer le mouvement. Les autres membres du Faisceau, restés fidèles à l'Italie fasciste, ont créé le Parti Fasciste Révolutionnaire. Son fondateur, c'est Pierre Winter, un médecin biologiste. On dit qu'il est en relation avec Eugène Mathon qui le finance, mais cela reste discret. Il est secondé par Philippe Lamour, un avocat. Des gens favorables au nationalisme, au corporatisme, et antiparlementaires, qui semblent fournir les gros bras du syndicat patronal.

– Tous anciens policiers ?

– Pour la plupart ou anciens militaires d'active, souvent ils faisaient partie des groupuscules fascistes qui noyautaient la police.

– Que peux-tu me dire de ces communistes venus en voiture pour dresser des barricades dans le quartier ?

– Que penses-tu de communistes venus rapidement manifester dans notre rue, et où les forces de police sont déjà positionnées avant même qu'ils ne soient présents ? Que dire aussi des accords qui semblent se dessiner entre les indépendants et les organisations non communistes ? Les perdants sont bien le Consortium et la CGTU. Le Consortium parce que de plus en plus de patrons indépendants prennent le large et ne se soumettent plus aux ordres de Ley, les unitaires de la CGTU parce que cette grève leur échappe. Les provocations de toute sorte vont continuer. Il y a deux jours, un cortège de manifestants, emmené par les communistes ont voulu prendre d'assaut le siège du Consortium. Heureusement le service d'ordre de la CGT s'y est opposé. Dommage pour Ley, il aurait été aux anges.

Chapitre 12. Cour Lepers, Roubaix

Journal de Roubaix du mardi 16 juin 1931.

« La grève du textile se poursuit maintenant dans le calme. Les négociations ont repris entre les industriels indépendants du Consortium et les délégués des syndicats ouvriers.»

La ville respire un peu. Les négociations et le calme des deux derniers jours ont permis aux familles ouvrières d'espérer une reprise du travail, et la fin de leur calvaire.

Suzanne en profite pour aller voir la famille d'Adeline Mathys. Elle est née à Pecq, dans la province du Hainaut. Elle s'est réfugiée avec sa famille lors de l'invasion 14 à Roubaix. Son mari avait trouvé un emploi comme mécanicien. Puis le décès de celui-ci lors d'un accident dans l'usine l'a laissée seule avec ses deux filles et la misère est venue. Elle a survécu tant bien que mal, en élevant ses filles du mieux qu'elle pouvait. Maintenant, elles vont bientôt être en âge d'aller à l'atelier, cela va lui permettre d'avoir un peu plus d'argent pour se nourrir, se vêtir et acheter l'essentiel qu'elle ne possède même pas.

– Bonjour, c'est l'abbé Morin qui m'envoie. Puis-je entrer ?

– Oui, bien sûr !

– Voilà des provisions pour votre famille et vous.

Les deux filles de 14 et 13 ans sont présentes.

– Elles sont encore à l'école ?

– Non c'est fini, dès la fin de la grève, elles seront embauchées comme retoucheuses à l'usine Roussel.

– Pourquoi ne pas leur faire poursuivre un enseignement qui leur permettra d'avoir un bon métier plus tard, je suis la directrice de l'institut Sévigné, et on pourrait leur apprendre…

– Et avec quel argent ?

– Nous avons une œuvre de bienfaisance qui pourrait prendre en charge les frais de scolarité…

– Et pour manger, pour se loger, pour se vêtir, mon salaire ne suffit pas, j'ai des dettes partout, je n'ose même plus entrer chez un commerçant. J'envoie mes filles, en espérant que le marchand aura pitié !

– Mon mari et moi prendrons en charge l'équivalent de leur salaire durant l'année. Dans l'école, nous avons deux sections, l'une qui prépare aux métiers de l'industrie, couturière, brodeuse, dessinatrice, modéliste. L'autre prépare aux métiers du commerce, sténodactylographie, secrétaire, comptable. Je vous laisse le soin de réfléchir. Donne-moi une réponse rapide pour une inscription à la rentrée prochaine.

Suzanne quitte la famille, Julien sera d'accord, elle en est sûre.

———————

– Tu as l'air content l'abbé ?

– Julien, tu as vu le journal, les négociations sont en bonne voie. Ils trouveront un accord, c'est certain !

– Je crois que tu as raison, mais le Consortium et la CGTU vont aussi trouver tous les moyens possibles pour torpiller cet accord, tu peux en être sûr.

– Que faire ?

– Écrire sans cesse dans la presse qu'ils sont complices, l'un sert l'autre, et l'autre a besoin de l'un.

Les frères Médard et Marcel entrèrent avec un paquet sous le bras, et le posèrent sur le comptoir.

– Et voilà, Monsieur Julien, on revient de la gare avec le colis, en provenance de Paris.

– Tiens l'abbé, lis ce journal, le Populaire, c'est l'édition spéciale du jour, toutes les belles plumes y ont participé, Lebas, Blum, Bidoux, Faure, Laine, Guérin.

Eugène Morin ouvrit le journal et lut rapidement les manchettes.

– C'est ton idée, Julien ?

– Non, c'est celle de Lebas, mais j'y ai participé aussi par un article.

– Je ne sais pas si cela est bien chrétien, mais j'aimerais bien voir leurs têtes à la lecture de ces articles !

Chapitre 13. Place de la Fosse aux Chênes, Roubaix.

L'action française du mercredi 17 juin 1931.

« On n'avait pas tort de poser la question des métèques dans la France de 1894. Cette question est devenue de nos jours plus profonde et plus étendue. Le régime Républicain la rend dangereuse. On devrait prévoir que les nouveaux venus étrangers vont se rendre maîtres de notre pays par le double jeu de l'élection et de l'argent. Charles Maurras.»

– Ley, un mois de grève et on est en train de la perdre. Plus de 50 dirigeants ont rejoint les indépendants. Les rats quittent le navire. Je connais les termes de leur discussion, la baisse ne sera que de 1,5% au 1er septembre, et un accord qui prévoit un contrat collectif entre syndicats et patronat pour ouvrir des négociations afin d'éviter de nouvelles grèves. C'est la fin de notre autorité. Il faut tout faire pour éviter cet accord. Impossible maintenant de se servir des chèques de caution, ils sont trop nombreux, leurs faillites entraîneraient celles des autres.

– Monsieur Mathon, les pressions sont fortes, il faut utiliser tous les moyens. Nous ne pouvons plus reculer.

– Que proposes-tu ?

– Mon contact chez les unitaires va poser une bombe dans une petite usine à Toufflers.

– Faire sauter l'un des nôtres, tu es fou !

– Non, il s'agit d'une fabrique d'articles de puériculture, l'entreprise Drouffe, mais l'engin ne va pas exploser, on va prévenir la police pour la faire désamorcer. Par contre cela se passera au même moment qu'une réunion communiste dans cette ville. Notre dénonciateur précisera que la bombe a été posée par eux. Les communistes et leur syndicat seront au banc des accusés. Nos adhérents dissidents prendront peur et arrêteront leur négociation. Le gouvernement sera obligé de lancer des mandats d'arrêt et d'arrêter des personnes. Il faut faire vite, dès ce soir.

– Bon, n'oublie pas d'alerter les journaux locaux pour l'édition de demain.

– De plus, les Belges que j'ai rencontrés ces derniers jours ont signé un accord avec leurs mouvements du textile. Ceux-ci ont fait savoir qu'ils acceptent les conditions que nous offrons maintenant[29], maintien des salaires, mais suppression de la prime de présence. Elles vont demander à leurs membres de reprendre le travail dans nos usines, dès que cela sera possible, même si les ouvriers français n'acceptent pas ces conditions.

– Un coup de maître, Ley !

---

[29] Ce fut le geste de négociation du Consortium pour décider les travailleurs belges à reprendre le travail.

– En contrepartie, le Premier ministre belge reconnaît la qualité de chômeur involontaire, et ses avantages aux ouvriers belges qui sont chez nous. Il a décidé de voter un secours spécial pour ces frontaliers, affiliés aux caisses de chômage.

– Et en plus, c'est le gouvernement belge qui débourse, un coup de génie, Ley, un coup de génie !

– Les Belges en signant l'accord, s'engagent à faire tout leur possible pour reprendre le travail dans nos usines le plus vite possible.

– Alors, annonçons la reprise pour lundi prochain, lundi 22 juin.

Chapitre 14. 189, rue de l'Épeule, Roubaix

Journal de Roubaix du mercredi 17 juin 1931.

« Les négociations sont en bonne voie entre les industriels indépendants et les syndicats ouvriers. Une décision du gouvernement belge en faveur des ouvriers frontaliers du textile provoque la colère de l'intersyndical des grévistes. Un obus est découvert près d'une usine à Toufflers. Des mandats d'arrêt sont lancés. »

– Ce matin, à Toufflers, on a découvert une bombe, devant l'usine de Drouffe, dont les magasins ont été pillés. Elle a été désamorcée. Les gardes mobiles ont ensuite interrompu une réunion communiste et ont arrêté des personnes, dont Martha Desreumaux[30].

– C'est une femme honnête, Julien, si tous les militants communistes étaient comme elle, nous serions unis.

– Je suis d'accord avec toi, l'abbé, mais pourquoi mettre une bombe chez Gabriel Drouffe ? C'est une fabrique pour article de bébé, et cela intervient après que les vitrines de son magasin rue de Lannoy ont volé en éclats, lors de l'émeute.

---

[30] À 13 ans, elle devient une des rares femmes syndiquées, ne sachant ni lire ni écrire. Elle sera la seule femme présente lors de la signature des fameux accords de Matignon le 7 juin 1936 au côté de Léon Jouhaux, Benoît Frachon, Léon Blum et Roger Salengro.

Les voitures dans le garage ont été brûlées, quelque chose m'échappe.

– Il semble que ses ouvriers ont versé à plusieurs reprises des sommes au comité intersyndical de grève.

– Il s'agit donc d'une intimidation, mais on ne dit pas comment la bombe a été découverte. Le journal précise que la gendarmerie de Lannoy s'est rendue sur les lieux, et a prévenu le service de déminage qui a déplacé l'objet. Ensuite avec les gardes mobiles, ils ont arrêté une vingtaine de personnes présentes à une réunion communiste qui se tenait dans la même ville. Étrange coïncidence !

– Julien, tu vois des complots partout !

– J'ai demandé aux frères de se renseigner, ils sont partis à Toufflers, c'est à 10 kilomètres d'ici.

– Que penser aussi de l'annonce du gouvernement belge ?

– Que Ley a bien joué !

– Comment Ley ?

– La réunion patronale des villes belges d'Halluin, Comines et Wervicq s'est tenue en sa présence. Ils ont décidé l'ouverture des usines pour le 22 juin, battant en brèche les pourparlers actuels avec les industriels indépendants. Celles du Consortium ouvertes, les 43 000 ouvriers frontaliers belges vont s'y rendre pour démontrer leur engagement de reprendre le travail. S'ils sont empêchés, ils toucheront l'aide belge.

– Mais comment, a-t-il fait ? Comment les syndicalistes belges ont-ils pu accepter ? Ils devaient rester neutres.

– Un journal du soir parle de pression des patrons textiles de Roubaix auprès du ministre belge de l'emploi pour arriver à ce résultat.

Ils partent maintenant accompagnés tous les jours par deux gardes mobiles, fusils en bandoulière de la cour Lepers à l'usine Roussel. Édouard, le patron a reçu l'engagement d'être protégé en permanence. Il a donc rouvert les grilles. Les gardes, une vingtaine sont présents. Ils y dorment, font des rondes et protègent les ouvriers qui ont repris le travail. Édouard les paie, et leur fournit la nourriture, tout cela lui coûte moins cher que le chômage technique et les commandes qui ne sont pas honorées. Les ouvriers ne sont pas tous présents. Certains ont peur, d'autres ne veulent pas briser la grève. Pour ceux qui sont employés, ils n'ont plus le choix, car ils n'ont plus d'argent, donc plus de nourriture. Les commerçants ne font plus crédit depuis longtemps. Les aides de la mairie sont importantes, mais insuffisantes pour les dizaines de milliers de grévistes.

Il est cinq heures, ils sont là à attendre ceux qui vont les accompagner pour franchir les 500 mètres de leur cour à leur atelier. Gustave et sa femme, François, le voisin, Mireille la belle-fille de Virginie. Ils sont quatre à braver les interdits et les invectives. L'abbé Morin a prévenu Jean-Gustave, s'il s'en prend à ceux qui vont travailler dans une usine qui refuse de baisser les salaires, il le considéra comme un malfaiteur, il sera le premier soupçonné. Alors, il se tient à carreau. Il a compris, mais l'abbé a oublié Napoléon.

Napoléon est employé chez Pollet, les filatures de la Redoute, rue de Blanchemaille. Les ouvriers sont en grève depuis le début du mouvement. Et lui se vante de faire céder les patrons, il le dit haut et fort, mais il ne supporte pas de voir d'autres gagner de l'argent et savoir qu'en plus, si le boulot reprend, ils n'auront pas de baisse de salaire. Alors, il en a parlé autour de lui, sur les lieux des piquets qui bloquent les différentes entrées de l'usine. Il n'est pas syndiqué, il s'en moque, mais il fait comme si, et dit qu'on ne doit pas laisser les « jaunes » travailler. Lui, il est pour l'anarchie révolutionnaire, mais aussi le nationalisme. Il renie la démocratie, la République, le parlement, le gouvernement, les dirigeants. Il les hait. Ce sont les idées de Désiré Ley, qu'il a connu durant la guerre. Il venait souvent à la Kommandantur dénoncer ses voisins pour des actes de résistance, du marché noir ou toute autre chose. Ley lui a dit qu'il l'aiderait, il lui a trouvé un boulot dans cette usine.

Il ne fait pas grand-chose, mais il est payé, et en plus Ley lui procure un complément d'argent pour les renseignements qu'il lui donne sur les ouvriers, sur les patrons, sur les voisins, sur les communistes, sur les abbés. Mais cette fois-ci, il a agi seul. Il a dénoncé ses voisins sans lui en parler. Il sait que les ouvriers qu'il connaît et qui comme lui ont fait partie du Parti Fasciste Révolutionnaire n'aiment pas les communistes et les socialistes, alors il leur a dit que ceux-là le sont. En plus ils travaillent, alors qu'eux, ils sont au chômage forcé.

Chapitre 15. Place de la Fosse aux chênes, Roubaix

Journal de Roubaix du vendredi 19 juin 1931.

« Le ministre du Travail a manifesté hier son désir de voir reprendre par les délégations ouvrières et patronales, les pourparlers qui lui apparaissent de nature à hâter la fin du conflit du textile.»

Ils sont comme tous les jours accompagnés pour se rendre à l'usine. On est vendredi. Suzanne, la femme de Gustave marche en tête, comme souvent, pressée de rentrer dans l'atelier, où ils seront en sécurité. A cette heure du petit matin, il fait sombre, et les gardes ensommeillés ne font pas beaucoup attention à ce qui se passe autour d'eux. Il est vrai que les rues sont désertes. Les sirènes se sont tues, pour la plupart. Des individus courent vers eux, venant à contresens, Gustave comprend tout de suite qu'ils vont être pris à partie, que c'est une agression. Il commence à crier, mais il devient muet quand il voit le coup porté à la tête de Suzanne, elle tombe lentement. Les autres ont déjà disparu, ils se sont engouffrés dans une courée. Les gardes n'ont pas eu le temps de faire glisser leur mousqueton[31] de l'épaule et de faire quelque geste que ce soit pour protéger les ouvriers. Les

---

[31] Fusil équipant les gardes mobiles.

pavés se remplissent d'une mare sombre qui se reflète aux rayons de lune. Gustave a compris que c'est le sang de Suzanne. Il se baisse, ses larmes viennent tacher aussi la robe de sa femme.

— Le coup a été fatal, elle est morte presque sur le coup, Julien, je suis responsable !

— Tu n'es responsable de rien, l'abbé ! Ils sont venus te demander s'ils pouvaient reprendre le travail dans une usine où le patron ne voulait pas baisser les salaires. Il était évident que tu dises oui. Tu n'es pas responsable de la bêtise humaine, de cette lâcheté de s'attaquer à des gens sans défense et de prendre la fuite. Tu n'es pas responsable d'irresponsables qui voulaient donner une « leçon » et ont donné la mort. Tu n'es pas responsable de cette attitude de la plupart des pauvres de notre ville qui oscillent souvent entre le découragement mêlé de désespoir avec l'acceptation de leur misère, et la violence sauvage à certains moments. Celle-ci arrive en quelques secondes instantanée et incontrôlée. Tu n'es pas responsable de cette détresse, de ce dénuement au quotidien, de cette calamité de l'indigence, de cette douleur de la pauvreté dont on sait qu'elle ne pourra jamais disparaître, même si certains jours, on l'oublie. Alors, arrête de te morfondre.

Julien sait que les mots ne pourront pas atténuer le chagrin de son ami.

– Es-tu responsable aussi de ces maisons d'ouvriers que l'on a saccagés à Tourcoing[32] parce que leurs occupants continuaient à travailler ? Es-tu responsable des vitrines brisées des commerces qui ravitaillent les gardes mobiles[33] ? Es-tu responsable de ceux que l'on jette dans le canal alors qu'ils se rendent dans leur atelier[34] ? Es-tu responsable des portes des ouvriers non grévistes que l'on barbouille de goudron ? Non, ce sont ceux qui ont déclenché cette grève, Mathon et Ley, qui le sont. Il faut que cela cesse. Il faut aussi que l'on trouve des réponses à certaines questions. Pourquoi sur la vingtaine d'arrestations des émeutes du 13 juin, la plupart ne sont pas des grévistes ? Pourquoi a-t-on retrouvé une grenade à main dans la rue de Lannoy, le soir des émeutes ?

– Il faudrait établir la preuve de la collusion de Ley et de certains syndicalistes des Unitaires.

[32] Le 25 mai.
[33] Le 27 mai
[34] Le 29 mai

– Il a des contacts et des relations au sein du syndicat, c'est certain, mais je le soupçonne de faire agir les gens des ligues fascistes qui se font passer pour des communistes. Je le fais surveiller, mais il est malin, et il ne se dévoile pas. Je vais changer de stratégie, on va surveiller son neveu, Paul Delvoye.

– Sachez, Monsieur Reboux que je vous accorde cet entretien parce que nous avons de l'estime pour votre journal, il présente la vérité.

– Merci, Monsieur Delvoye de me recevoir. Je voulais dans l'esprit de mon père Alfred Reboux continuer à donner la parole dans notre journal à l'ensemble des partis en présence. Quelle est cette vérité dont vous parlez, Monsieur Delvoye ?

– Les troubles que nous avons connus durant ce conflit, comme dans les autres de ces dernières années, sont le fait des meneurs ouvriers. Ils sont la cause des troubles, ils sont néfastes, il faut les supprimer, il faut le faire[35].

– Comment expliquez-vous que des accords n'ont pu être trouvés entre vous et les syndicats ouvriers ?

[35] Citer par Paul Delvoye dans son livre : « Les meneurs et la question des salaires dans l'industrie textile », Dunod, 1928.

– Pourquoi croyez-vous que les patrons et les ouvriers sont des adversaires irréductibles, à cause de ces perturbateurs, étrangers aux deux parties. C'est une cause du malaise social que nous connaissons de nos jours.

– Que ferez-vous pour trouver un accord entre les deux parties ?

– Il existe une lacune grave dans l'organisation des ouvriers de quelque tendance qu'ils soient. Aucun d'eux ne possède une documentation sérieuse sur les salaires gagnés par leurs adhérents. Ils n'ont donc pas la possibilité de vérifier ce que nous disons.

– Et que dites-vous ?

– Qu'ils gagnent beaucoup plus qu'il y a dix ans, et que c'est la preuve de nos difficultés à vendre notre marchandise partout dans le monde.

– Cependant, le coût de la vie a augmenté considérablement ces dernières années ?

– À cause de l'augmentation des salaires, si vous diminuez les salaires, les prix vont baisser, la vie sera moins chère[36]. Il faut que les patrons ne cèdent pas devant les revendications des ouvriers, car alors, ils se font les alliés des partis extrémistes. Avec une structure puissante, tel que la nôtre,

---

[36] Principe de la déflation, cause encore défendue par certains économistes de nos jours.

nous allons mettre en œuvre, une foule de bonnes choses pour nos ouvriers.

Chapitre 16. Place de la Fosse aux chênes, Roubaix

Journal de Roubaix du dimanche 21 juin 1931.

« La commission patronale annonce que les usines seront ouvertes lundi matin. Les syndicats libres demandent de ne pas se rendre au travail lundi. Un autobus a été renversé à la frontière belge par des grévistes.»

– Oui, je suis venu vous voir, pour que vous compreniez bien que c'est terminé. Nous allons signer cet accord, et nous sommes maintenant, en tant qu'indépendants, plus nombreux que vos adhérents. Vous avez perdu. Au revoir, Messieurs.

– Ce Motte est un traître à sa cause ! On le dit républicain de gauche, et neutre de surcroît sur le plan religieux. Que fait-on, Monsieur Mathon ?

– Pour l'instant, rien ! Attendons demain, si la reprise se fait, nous avons gagné. Sinon, l'accord sera signé, et c'est plus de cent patrons qui la signeront, cela marquera la fin du conflit, et notre fin à terme. Et les arrestations chez les unitaires, après la découverte de la bombe ?

– Cet imbécile de commissaire les a tous relâchés. Et pas de poursuite décidée par le procureur, sauf pour les émeutiers du 12 et 13 juin ! Une vingtaine de mandats d'arrêt ont été lancés. La presse parle maintenant d'un « malheureux hasard » pour la découverte de la bombe. La préfecture, sur ordre du gouvernement, a voulu minimiser l'affaire pour ne pas provoquer la panique et un vote de censure à la chambre qui l'aurait renversé.

– Et les Belges ?

– Cet imbécile de secrétaire du syndicat textile de Mouscron déclare que jamais il ne trahira les camarades français. J'ai peur que cela ne dissuade les ouvriers frontaliers de reprendre leur travail demain.

– Ne peut-on continuer à provoquer des troubles dans certains quartiers ?

– Difficile, les arrestations, faisant suite à des contrôles d'identité par les gardes mobiles se multiplient de jour comme de nuit. Tout est surveillé et gardé. Ils ont installé des projeteurs de l'armée dans la rue des Longues Haies pour dissuader les émeutiers. Les Unitaires et les Communistes sont arrêtés. On contrôle leur identité et leur adresse avant de les relâcher. Tous les étrangers qui participent sont fichés et refoulés à la frontière. Le gouvernement suit de près les négociations entre les indépendants et les syndicats libres. On ne nous consulte plus et on ne nous appelle plus. Ils ont nommé Adolphe Landry, comme négociateur. C'est un économiste à qui on ne peut pas raconter n'importe quoi. De plus, c'est un socialiste, attiré par les idées de redistribution des richesses.

— Je n'aime pas tout cela, Ley, non je n'aime pas.

————————

— Alors, des nouvelles sur ces manifestants communistes venus en voiture.

Les deux frères avaient disparu depuis trois jours. Partis à Toufflers, ils en revenaient maintenant.

— Oui, Monsieur Julien, la pêche aux renseignements a été bonne. Cette fameuse réunion communiste qui se déroulait au moment où l'on trouvait la bombe, elle réunissait vingt personnes qui ne travaillaient pas dans le textile. Ils ont tous été relâchés. Ils n'ont rien à voir avec cette affaire. Des perquisitions ont eu lieu ensuite dans le milieu Unitaire et communiste à Roubaix, Tourcoing, Halluin, Lille. Des arrestations en nombre ont eu lieu. Les personnes appréhendées ont participé aux émeutes de la rue des Longues Haies, mais ne semblent pas être concernées par ces actes de sabotage. Les papiers saisis et les objets montrent bien que les émeutes ont été voulues, organisées et planifiées, mais de là à vouloir faire sauter une usine…De plus, le fameux obus était rouillé, il n'aurait jamais pu exploser. On a voulu faire croire à un attentat.

– Une habitante de la cour Lepers, Suzanne Duponchel est morte sous les coups d'une bande qui l'a frappée alors qu'elle se rendait au travail. Je voudrais savoir qui l'a tuée.

– Ce ne sont pas les communistes ou les unitaires, ils sont presque tous sous les verrous, et pour ceux encore libres, ils ont quitté la région.

– Alors, il faut chercher ailleurs. Au fait notre ami Paul Delvoye ?

– Un rigolo, pas très intelligent ! On l'a suivi toute la journée d'hier, il a rencontré Henri Lauridan.

––––––––––

– Pourquoi veux-tu rencontrer de nouveau Jean-Baptiste Lebas et pourquoi me solliciter encore ?

– Pour me servir de témoin sur ce qu'il peut nous dire, et si j'écris un article, je pourrai faire appel à ta mémoire. En plus, soit content, il y a vingt ou trente ans, je t'aurais sollicité dans des duels comme témoin. Avoue qu'il est plus plaisant de revoir notre maire.

– C'est vrai, c'est un homme intéressant et cultivé.

Arrivés à la mairie de Roubaix, ils sont introduits dans le bureau du maire.

– Finalement, vous êtes inséparables, deux amis, l'un abbé et l'autre cabaretier. Je vous écoute.

– Vous êtes un fin observateur de la vie politique. Je souhaite comprendre les méandres de certains partis d'extrême droite comme le Faisceau et la participation des gens comme Lauridan dans ce mouvement.

– Connaissez-vous Coty, François Coty ?

– De nom, oui, c'est le responsable du journal le Figaro, et aussi un industriel qui a fait fortune dans la parfumerie.

– Exact ! Une de plus ou peut-être, la plus grosse fortune de France. Ami de Maurras, puis ennemi, il a été membre de l'Action française, puis du Faisceau. Il a donné une orientation très à droite dans son journal. Royaliste convaincu, il a financé les Croix de Feu. On dit qu'il pense fonder son propre parti[37], il a l'argent nécessaire, les contacts et l'influence avec des journaux comme le Gaulois et l'Ami du Peuple qu'il a acheté en plus du Figaro. Il est en relation avec Mathon et certains industriels du Nord. Il vient d'être élu maire d'Ajaccio. On dit cependant qu'il est en perte de vitesse, la crise de 1929 l'a touché dans ses affaires. Ami

---

[37] Constitué deux ans plus tard sous le nom de « Solidarité française ».

aussi d'un commandant de l'armée coloniale, Jean Renaud, il a grâce à cette relation, des contacts dans l'état-major. Cet industriel, ces personnes, ces mouvements démontrent la radicalisation de notre société actuelle. Messieurs, on part d'un mouvement nationaliste constitué par une élite, on la mélange à un populisme de masse, et on crée un parti fasciste qui prône la fin de la République. Lauridan conseille Coty, qui veut calquer le fonctionnement de son futur parti sur celui d'un syndicat et du Parti communiste.

– Et Paul Delvoye, le neveu de Ley ?

– Delvoye ? Il fait partie de cette mouvance. C'est le lien entre Coty et Mathon. Coty s'affiche dans la société, il est à peu près inculte, ne lit pas et ne sait pas grand-chose, mais il connaît ses contemporains, leurs ressorts secrets, leurs appétits et leurs faiblesses et il s'en sert. Mathon est un homme cultivé, brillant industriel, lit énormément, voyage beaucoup et connaît tout sur tout, mais il pense être le centre du monde et ne connaît rien à ses semblables. Delvoye est l'imbécile de service qui leur sert de boîte aux lettres.

– Mathon pourrait adhérer au parti politique que veut fonder Coty ?

– C'est dans l'ordre du possible.

Chapitre 17. Église Saint Sépulcre, Roubaix

Journal de Roubaix du mardi 23 juin 1931.

« Les usines du textile ont été ouvertes hier, mais les ouvriers n'ont pas repris le travail. Des incidents en Belgique, des grévistes enlèvent des pavés à la frontière du « Risquons[38] tout ».»

— Nous sommes venus témoigner de notre affection à Suzanne.

L'abbé a mis du temps à écrire son sermon pour la messe donnée en sa mémoire. L'assistance n'est pas très nombreuse. Au premier rang, la famille, son mari Gustave qui ne dit plus rien depuis ce petit matin tragique, enfermé dans sa douleur et son chagrin. Les autres familles de la courée sont là, sauf

---

[38] Hameau belge qui doit son nom à l'enseigne d'un estaminet.

Jean-Gustave, communisme oblige et Napoléon et sa famille. Jean-Gustave est allé voir Gustave et lui a juré qu'il n'y était pour rien dans cette agression. Gustave l'a cru, il se doute de qui a prévenu les criminels qui ont fait le coup. Il avait croisé un regard qui en disait long un soir, lorsqu'ils étaient rentrés de la journée de travail. Les gendarmes de la rue des Arts sont venus et ont commencé leur enquête, sans trop savoir s'ils pourront trouver le coupable. Suzanne et Julien sont présents, leurs enfants aussi, et quelques amis de la famille ou des autres quartiers. Mais il y a peu de monde. Les gens ont eu peur de se déplacer et de se faire voir. Certains étaient opposés à la reprise du travail par le couple, alors qu'eux meurent de faim à cause de cette maudite grève.

– Je vais vous lire, avant un passage de la Bible, un extrait de la première encyclique, que notre Pape Pie XI a prononcé le 23 décembre 1922. « *Aux inimitiés extérieures entre peuples viennent s'ajouter, les discordes intestines qui mettent en péril la société elle-même, en premier lieu cette lutte de classe qui s'est développée au sein des nations, paralysant l'industrie, les métiers, le commerce, tous les facteurs de la prospérité, privée et publique. Cette plaie est rendue plus dangereuse encore du fait de l'avidité des uns à acquérir des richesses, de la ténacité des autres à les conserver, de l'ambition commune à tous de posséder et de commander. De là de fréquentes grèves, volontaires ou forcées, de là encore des soulèvements populaires et des répressions par la force publique, pénible et dommageable pour tous les citoyens. Dans le domaine de la politique, les partis se sont fait une loi, non point de chercher sincèrement le bien commun par une émulation mutuelle et dans la variété de leurs opinions, mais de servir leurs propres intérêts au détriment des autres. Que voyons-nous alors ? Les conjurations se multiplient : embûches, brigandages contre les citoyens et les fonctionnaires publics, terrorisme et menaces, révoltes ouvertes. La tâche qui s'impose avant toute autre, c'est la pacification des esprits. Il y a bien peu à attendre d'une paix artificielle et extérieure qui règle et commande les rapports réciproques des hommes comme ferait un code de politesse ; ce qu'il faut, c'est une paix qui pénètre les cœurs, les apaise et les ouvre peu à peu à des sentiments réciproques de charité fraternelle. Vous êtes tous des frères ».*

Julien lève la tête, son ami l'abbé le surprendra toujours.

———————

Médard et Marcel Andrieu l'ont retrouvé après les funérailles.

– Alors ?

– Des doutes, sur ceux qui ont fait le coup, mais il semble que ce sont les gros bras du Parti Fasciste Révolutionnaire. Ils travaillent dans l'usine Pollet.

– Je vais essayer de savoir qui les a renseignés.

Eugène Morin entre dans l'estaminet.

– Je me doute de ce que tu ressens, Eugène, changeons de sujet ! Les ouvriers n'ont pas repris, semble-t-il ?

– Non, les autobus partis de Roubaix, pour aller chercher la main-d'œuvre de Belgique, sont revenus vides. Des patrons ont fermé. Dans toutes les villes de la région, c'est pareil, quelques centaines d'ouvriers, on est loin de ce qu'espérait le Consortium. Le calme règne, sauf à la frontière belge, les pavés ont été enlevés pour rendre la circulation impossible.

– Je n'aime pas l'attitude de Gustave, lui qui semblait ne pas vouloir d'histoire, il a changé.

———

Gustave est revenu rapidement du cimetière. Il pénètre dans la cour Lepers. Il rentre chez lui, après un regard sur la maison de Napoléon. Il n'allume pas la lampe de pétrole. Il regarde par la fenêtre, cela dure des heures. Finalement, la nuit est venue. Il distingue la silhouette de Napoléon sortir de chez lui et quitter la courée. Après quelques secondes, il sort aussi et le suit à quelques mètres derrière lui. Napoléon se retourne, il sent bien une présence derrière lui, mais il ne distingue pas les traits de la silhouette qui le suit. Il s'arrête, fait face. Gustave parcourt les quelques mètres qui le séparent du meurtrier de sa femme, en courant. À quelques centimètres et sans que Napoléon ai pu esquisser un seul geste, il lui tranche la gorge avec le couteau de cuisine qu'il a patiemment aiguisé durant des heures. Sa victime s'écroule sur le pavé. Une tache sombre se répand comme pour sa Suzanne. Le corps a quelques soubresauts, mais cela ne dure pas. Il est maintenant immobile.

Gustave nettoie l'arme sur le vêtement de Napoléon dans un dernier geste de vengeance. Il observe quelques minutes la scène, fait demi-tour et se dirige vers la gendarmerie de la Rue des Arts, elle est proche. Les plantons de faction l'arrêtent, on est prudent ces temps-ci, on ne laisse pas rentrer n'importe qui, il faut décliner son identité.

– Je viens de tuer un homme. Je viens me rendre.

La vie sans Suzanne ne vaut plus la peine, alors autant ne pas devoir la vivre.

Chapitre 18. Église Saint Sépulcre, Roubaix

Le populaire du vendredi 26 juin 1931.

« Une note du malfaiteur public, Désiré Ley. L'intransigeance du Consortium mène l'industrie textile à sa ruine.

Henri et Augustine Delbar vont quitter cette courée. Ils sont six à vivre dans cette minuscule habitation. Henri a trouvé une maison, rue du Fontenoy, une salle de séjour, une cuisine et trois chambres, le grand luxe à un prix raisonnable pour le loyer. Ils ont économisé depuis des années, mettant de côté l'argent que gagnaient les trois enfants, Jules le marchand et les deux filles comme couturière. Henri, lui passe plus de temps en prison à Lille de par ses méfaits que dehors à travailler. La famille le pense perdu depuis longtemps. C'était pourtant un gamin gentil, toujours prêt à rendre service, mais quelque chose l'a fait évoluer vers cette violence qui le soutient maintenant, cette révolte qui l'anime. Peut-être cette misère qu'il n'a pas acceptée. Cette pauvreté qui vous colle à la peau, et dont vous avez l'impression que les personnes que vous croisez au hasard des rencontres la voient, la reconnaissent, la sentent, et finalement la scrutent comme elles détaillent votre visage et votre allure. Alors,

Henri a voulu la combattre, et pour cela il faut de l'argent. Et pour avoir de l'argent, sans instruction, sans soutien, sans aide, sans protecteur, il faut tout accepter, notamment ce que l'on vous propose, et essayer tous les expédiant que d'autres ont fait avant, et qui les ont conduits vers la délinquance.

Mais, cette fois-ci, c'est pire. Quand il a couru au petit matin, avec les autres, pour frapper ces ouvriers qui ne faisaient pas grève, il n'a pas imaginé que la brute qui était à côté de lui, frapperait avec une matraque sur la tête de cette pauvre femme. Il ne savait pas qui ils étaient, ces ouvriers, et puis il a vu. Suzanne, la femme de Gustave, les voisins de ses parents, ces gens qu'il a connu petit. Il a su qu'elle était morte, presque sur le coup devant le regard de son mari. Cela le hante. Il n'en dort plus, ne fréquente plus la bande de voyous fascistes du quartier de Blanchemaille. Il n'a pas supporté le prestige que ce crime a apporté à son auteur. Les autres voyous ont applaudi à ce fait d'armes. Il a pris ses distances. Mais vers qui se tourner ? À qui se confier ?

Il a pensé à l'abbé, celui qui lui faisait le catéchisme quand il était môme. Celui qui accompagnait les enfants du quartier au patronage, car il fallait bien occuper les enfants pauvres du quartier, leur faire pratiquer des activités, leur donner un aperçu d'une vie différente. Il en avait gardé un bon souvenir. Il a attendu que ce prêtre rentre dans le confessionnal pour lui parler, il n'a pas compris les paroles qu'il a prononcées quand il a ouvert le panneau, laissant apparaître le visage du prêtre qui l'a reconnu. Il lui a expliqué. Il lui a avoué sa détresse et son remords.

— Je t'absous au nom du père, du fils et du Saint-Esprit… Henri, l'Église par mon intermédiaire t'a pardonné. Il reste la justice des hommes que tu dois affronter. Va voir mon ami Julien Coutelier. Il tient l'estaminet « L'Épeule » un peu plus loin. Tu peux avoir confiance en lui, il saura te guider et te conseiller.

Henri est sorti de cette église, presque soulagé. Il est allé voir la personne.

— Comment les as-tu connus ?

— Je traîne souvent dans le quartier de la guinguette. Je fréquente l'estaminet qui porte ce nom. C'est là qu'ils m'ont recruté. On se retrouve au marché des « Noirtes Femmes[39]».

— Combien êtes-vous ?

---

[39] Ainsi nommé, car les ménagères y faisaient leurs courses le matin, après avoir préparé le repas du mari, s'être occupé du ménage et de la famille nombreuse, et comme elle n'avait plus le temps de faire leur toilette avant la fin du marché, on leur a donné ce surnom en patois.

– Plusieurs dizaines, des Flamands surtout. Parfois il y a un prêtre qui vient nous voir.

– Connais-tu son nom ?

– Jean-Marie Gantois[40], il est originaire de la Flandre française, il a fait son séminaire à Annappes.

– C'est le séminaire des frères des écoles Chrétiennes[41] ! Que vous dit-il ?

– Il dit qu'il a retrouvé son peuple, les Flamands, qu'il ne se sent plus français. Il nous parle souvent en flamand. Je comprends un peu la langue. Il nous parle aussi de Maurras.

[40] Né dans le département du Nord, il deviendra un extrémiste flamand. Il fondera l'Union flamande de France, parti d'extrême droite, prônant par la suite, le rattachement de la Flandre française à l'Allemagne Nazie.

[41] Congrégation fondée en 1680, dont les membres enseignent. Ils prononcent des vœux simples, mais ne sont pas prêtres.

On se réunit dans l'estaminet de la Guinguette, et il nous raconte que nous faisons partie des Pays-Bas, que notre culture est néerlandaise, et que nous ne devons pas nous sentir français. Il est contre les étrangers, les métèques et les juifs[42]. Il nous a dit qu'un nouveau parti vient de se créer, le Verdinaso[43].

— Il n'a pas frappé la femme de Gustave, mais il a participé à l'agression. Inutile qu'il se dénonce, je lui ai dit de rejoindre sa famille et de travailler. On l'aidera à reprendre quelques études. L'école permet de vider les prisons. S'il ne suit pas ces conseils, il sait ce qui l'attend. Des nouvelles de Gustave ?

— Non, Julien ! Après s'être constitué prisonnier, il a été transféré à Lille, de peur des représailles. Je lui ai trouvé un avocat pour le défendre. Il aura des circonstances atténuantes, mais c'est un meurtre prémédité. Il passera le reste de sa pauvre vie en prison !

[42] Publiera le livre : « Le règne de la race », sous un pseudonyme.

[43] Fédération des nationalistes néerlandais, d'inspiration fasciste, surtout actif en Belgique, mais que l'on retrouvera dans certaines régions du nord de la France dans les années 1930.

– Pauvre homme ! Une page de plus dans la détresse que vit la ville et nos concitoyens. Eugène, tu m'avais parlé de l'abbé Six, il faudrait qu'on le voie rapidement. J'ai des questions à poser.

Chapitre 19. Église Saint Sépulcre, Roubaix

Le populaire du lundi 29 juin 1931.

« 7 ième semaine de grève. Les travailleurs sont aussi résolus qu'au premier jour, les pourparlers de mardi seront décisifs.»

– Comment peut-on dire des bêtises pareilles, les travailleurs sont exsangues et veulent que cela se termine le plus rapidement possible.

Repliant le journal, l'abbé Six regarde ses visiteurs.

– Mon ami Morin m'a souvent parlé de vous. Vous avez des questions à me poser.

– Oui, vous pouvez me renseigner ! Le pape a interdit de sacrement les membres de l'Action française. Quelle est maintenant l'influence du mouvement, depuis cet interdit ?

– Depuis la condamnation par le pape en décembre 1926, de nombreux catholiques ont quitté le mouvement. Ils avaient des sympathies pour celui-ci, beaucoup rejetaient la République. Leur engagement contre la République a été remplacé par un engagement pour l'action catholique plus en conformité avec les principes de l'Église. Cependant, il reste dans notre région, quelques sympathisants, et des membres encore actifs. C'est le cas du docteur Guermonprez, de la faculté catholique de Lille, chirurgien réputé, mais sectaire, et antidémocrate. C'est aussi le cas de l'avocat Delepoulle, professeur de droit à l'université catholique, que Maurras qualifie de fondateur de l'Action française. Tous les deux ont été très hostiles à mon ami l'abbé Lemire[44] de son vivant. Au début des années vingt, ils ont créé, après celle de Lille, les sections de Roubaix et de Tourcoing. Ils sont amis avec Eugène Mathon et le soutiennent. Il y a eu des tensions assez vives entre l'Association de la Jeunesse catholique de France, qui se méfie des actions parfois violentes de cette ligue.

– Les liens ont donc été étroits entre le patronat textile et les ligues fascistes ?

– Plus que vous ne l'imaginez ! Quand Georges Valois a construit une fondation intitulée « la Confédération de l'Intelligence et de la Production française » en 1920, Eugène Mathon y a participé. Jusqu'où a été l'audience de ces mouvements auprès de notre patronat local ? N'oublions pas

---

[44] Prêtre, maire d'Hazebrouck et député du Nord jusqu'à sa mort en 1928. Militant contre la peine de mort, il lutta pour la limitation du temps de travail à onze heures par jour, la réglementation du travail de nuit des femmes et des enfants, pour le repos hebdomadaire, les allocations familiales, et…contre le cumul des mandats des élus. Créateur des jardins ouvriers.

le représentant important de l'industrie textile dans votre ville, Bernard d'Halluin[45], président de la section de l'Action française de Roubaix. C'est un fervent monarchiste, attiré par le corporatisme d'Eugène Mathon. Les évêques de Lille, Charost et Quilliet, sont des sympathisants de la droite nationaliste, proches de ces personnes. Après la condamnation pontificale de 1926, les syndicats chrétiens et les catholiques démocrates l'ont emporté… pour l'instant.

———————

Jules n'a pratiquement plus de client. Son bistrot ne fonctionne plus. Les bacs à frites sont froids. Les dîneurs du midi sont rares. Le soir, il n'y a plus personne. Il ne fait plus crédit, trop risqué avec le manque d'argent. Il est assis devant ses friteuses, regarde la pile de sachets coniques. Les pots de mayonnaise et de moutarde sont fermés. Plus personnes ne vient avec son plat, et son essuie de vaisselle pour le couvrir, afin que Jules le remplisse avec ses frites. Les robinets de gaz sont éteints. Il a perdu une grande partie de sa clientèle. On dit dans les journaux que des rencontres importantes se sont déroulées sous la conduite du président du conseil Laval. Il aurait proposé la suppression de la prime de présence, tel que

---

[45] Deviens en 1942, le dirigeant du syndicat textile sous le gouvernement de Vichy.

le voulait le patronat, mais en compensation, les ouvriers auraient eu une augmentation de 3% de leur salaire et 1% de plus en septembre. Les syndicats libres ont accepté, la CGT n'est pas contre, mais souhaite consulter sa base. Seuls les délégués patronaux du Consortium ont refusé en bloc. « *Nous n'avons pu que déclarer au ministre l'impossibilité où nous sommes de faire de nouvelles concessions »,* a déclaré Ley.

Jules reconnaît l'homme qui vient de rentrer dans son bistrot. Il regarde autour de lui, voit qu'il n'y a aucun client, s'assoit sur une table un peu à l'écart. Jules s'approche de lui, se place à côté et attend.

– Tu dois aller voir tes connaissances dans les syndicats libres et la CGT, leur dire d'accepter l'accord que vient de proposer le président du conseil. Les industriels indépendants vont déclarer être prêts à signer sur cette base, ouvrir leurs usines rapidement et s'engager à ne pas céder au Consortium. En contrepartie, ils doivent s'engager à ne pas faire grève durant une année, sous réserve que tout conflit soit réglé par une commission mixte des deux parties. Le gouvernement laissera « tomber » Mathon et Ley, leur temps est révolu. Ils ne pourront plus décider d'une baisse de salaire sans être désavoués par les mouvements patronaux et le parlement.

L'homme se leva et sortit rapidement. Décidément ces inspecteurs de la sûreté sont rapides, efficaces et discrets. Jules comme agent infiltré de cette police sait ce qu'il doit faire. Il se lève, enlève son tablier et sort. Il est urgent d'aller voir l'abbé Morin.

– Julien, je n'en reviens pas ! Jules qui me délivre un message du gouvernement par l'intermédiaire de la préfecture de police !

– L'important, c'est de faire passer le message. Les frères m'avaient alerté sur le Jules en question, en pensant qu'il était un agent infiltré de la préfecture. On commence à voir le bout du tunnel de cette affaire de salaire. Mathon et Ley vont perdre, et je pense de façon définitive.

– Je ne vois qu'une personne qui pourrait nous aider et conclure un accord acceptable par nous, et surtout par la CGT, Maurice Olivier. Il a toujours été en désaccord avec le Consortium. Son départ en 1925, et son discours sur son opposition aux méthodes de Ley, de vouloir réduire les ouvriers en esclavage et de diriger le Consortium par des méthodes dictatoriales, l'ont rendu sympathique aux yeux la plupart des syndicalistes.

Chapitre 20. Bourse du travail, Tourcoing.

Le journal de Roubaix du vendredi 3 juillet 1931.

« Les syndicats libres et cégétistes sont prêts à conclure des accords avec les patrons qui acceptent la proposition Laval. »

– Les industriels indépendants, les cégétistes et les chrétiens se sont réunis, tout le monde est prêt à signer. Les usines vont rouvrir prochainement, enfin celles des indépendants. Mais avec toutes les défections, c'est maintenant une majorité.

– Il reste aussi les unitaires à ne pas vouloir signer l'accord et arrêter cette grève, l'abbé. Mais je crois que c'est fini, ils ont parlé de lundi prochain pour la reprise dans plus de 90 fabriques, sur un total de 350, c'est un bon début. Important aussi, cette commission mixte, qui sera arbitrée par un tiers indépendant, en cas de conflit et de mésentente entre le patronat et les syndicats. C'est cette clause qui mettra fin à l'hégémonie, de Mathon et de Ley. Leurs déclarations ridicules dans les journaux, indiquant qu'ils avaient toujours cherché le compromis et le bien-être des ouvriers sont des signes qui ne trompent pas.

– Tu as vu ces affiches placardées sur les murs des villes indiquant que les ouvriers sont sous la menace d'une diminution nouvelle de 6% de baisse de salaire ?

– Certainement les unitaires, ils ont beaucoup perdu dans cet accord, signé sans eux, notamment la confiance des ouvriers. Leur intransigeance les a perdus.

————————

Jean-Gustave écoute son secrétaire syndical sans trop comprendre ce qu'il dit.

– Nous devons continuer la grève totale, à outrance, ne rien céder !

– Mais, camarade, les ouvriers vont reprendre le travail. Nous allons être obligés de suivre le mouvement. Nos travailleurs sont au bout du rouleau. Ils ont faim, ils sont désabusés.

Jean-Gustave quitte la réunion. Il ne comprend plus son syndicat. Il sait que c'est fini, que les personnes qui habitent la ville aux mille cheminées, mais aussi dans toutes les villes avoisinantes vont repartir sur le chemin des sirènes d'usine. Il est amer, ils n'ont pas compris.

––––––––––

– Alors ?

– 14 000 hier, 17 000 aujourd'hui ! De nouveaux patrons ont signé l'accord. Julien, je crois que cela se termine. Il faut surveiller Ley, il est capable de tout.

Les frères Andrieu font leur entrée dans l'estaminet, le petit sourire qu'ils abordent, démontre à leur patron qu'ils ont découvert un fait nouveau et important.

– Alors ?

– Ley fait envoyer tous les contremaîtres et directeurs chez les ouvriers des usines encore fidèles au Consortium pour les inciter à reprendre le travail.

– Je ne comprends pas, Julien, il était contre l'accord, et donc contre la reprise.

– Il est diabolique, l'abbé. Il a changé de tactique, ne pouvant arrêter le mouvement de reprise, il le récupère. Les ouvriers des fabriques qui n'ont pas signé l'accord n'obtiendront pas ce qui a été signé par vos syndicats et les industriels indépendants. Mais en donnant la consigne de reprendre, Ley pourra dire que la grève est terminée sans que leurs adhérents aient cédé un pouce de terrain, contrairement aux autres qui ont négocié.

– Tenez patron, on s'est procuré sa déclaration, qu'il va faire publier dans tous les journaux.

– « *Après sept semaines, nous venons faire appel à votre raison et à votre sagesse. Nous voulons vous assurer que ce n'est pas de gaieté de cœur, mais contraints et forcés par des évènements, que nous avons décidé un abaissement des salaires qui était indispensable. Nous ne demandons qu'une seule chose, le paiement de votre quote-part aux assurances sociales, et la suppression de la prime de présence n'est pas autre chose que cela. Un arrêt prolongé préparait un terrible chômage, il ne faut pas aggraver cette situation dont vous serez les premiers à souffrir. Ouvriers, nous faisons appel à votre raison. Nous avons déjà fait toutes les concessions. Nous ne pouvons plus changer notre décision, toutefois, tenant compte des effets de l'interruption du travail dans les foyers, nous laissons à nos adhérents, le soin de résoudre le paiement ou non des allocations du mois de juillet. Nous vous demandons d'oublier une mésaventure causée par la seule crise économique, et de reprendre votre place dans nos usines. Vous ne le regretterez pas.*[46] »

– Une ignominie, Julien, une ignominie !

[46] Déclaration authentique parue le 4 juillet dans les journaux locaux de la commission intersyndicale patronale mis en place par Ley et Mathon durant cette grève.

– Oui, mais habile, ils s'adressent aux ouvriers de leurs adhérents qui penseront qu'ils ont obtenu un accord, alors qu'ils n'ont rien, aux patrons qui les soutiennent pour leur préciser qu'ils font le nécessaire pour la reprise dans leurs usines, et aux industriels autonomes, pour leur dire « on va vous avoir ».

– Que faire ?

– Allez voir Eugène Motte et Maurice Olivier, ils peuvent encore arrêter cette tentative.

Chapitre 21. 189, rue de L'Épeule, Roubaix

Le journal de Roubaix du jeudi 9 juillet 1931.

« Il faut en finir ! Un peu plus de souplesse rendrait service au Consortium et offrirait en même temps à un conflit, qui se déroule actuellement dans l'irrationnel, sa solution naturelle et raisonnable. »

– Et bien, si même le journal local critique le Consortium de Mathon et de Ley, cela commence à sentir la fin pour eux.

Ils sont tous attablés dans une petite salle attenante à l'estaminet de Julien, il a demandé à Morin d'être là, mais aussi aux frères Andrieu, à Jules, le restaurateur, qui fait le lien avec les hommes de la préfecture, et l'homme de confiance de Maurice Olivier, Pierre Bayart, son avocat.

– Heureusement que nous avons pu, grâce à vous Monsieur Coutelier, déjoué la manœuvre de Ley, pas complètement, mais suffisamment pour que d'autres industriels rejoignent le mouvement et signent l'accord. En faisant paraître régulièrement le nom des usines qui nous rejoignaient, celles qui sont restées fidèles au Consortium sont devenues moins nombreuses. Monsieur Olivier, réfléchit actuellement à créer un nouveau Groupement Patronal

Interprofessionnelle pour Roubaix-Tourcoing, mouvement qui regrouperait toutes les branches patronales.

– Il n'en reste pas moins que dans les usines du Consortium, pour l'instant la grève continue, mais les ouvriers sont à bout, et cela peut conduire à des débordements.

– Vous avez raison mon père, aussi Monsieur Olivier a voulu ce geste fort qui pourra donner confiance à tous. Avec cet accord qui met en place un contrat collectif de négociation et permet de ne pas utiliser la grève dans les prochains mois pour un conflit, d'autres industriels vont rejoindre notre mouvement. Ley ne s'y est pas trompé, il ne décolère pas, et fera tout pour en empêcher l'application.

———————

Qu'est-il venu faire ici à la demande de son syndicat des unitaires ? Il aurait dû refuser !

C'est dans l'ordre des choses de faire grève, de constituer des piquets, même de se battre contre les gendarmes dans les manifestations, mais saboter la route pour provoquer un accident afin d'empêcher les autocars de la main-d'œuvre belge de passer la frontière. Ce n'est pas normal. Il l'a dit à son secrétaire de section, Albert. Non, on ne peut pas faire cela. Jean-Gustave regarde Aristide, le gendre de Virginie. Il est surpris de le voir. Albert lui a précisé qu'il avait été « recruté » et allait faire le coup de main avec eux. Jean-Gustave sait très bien qu'il le fait contre un peu d'argent pour lui permettre de boire. Il s'approche de lui, il semble déjà ivre.

– Tu ne devrais pas te trouver ici, c'est dangereux. Sauve-toi.

Les cars arrivent, ils sont deux ou trois cents manifestants, des durs de Wervicq, d'Halluin, quelques-uns des autres villes, et des étrangers qui n'ont rien à perdre. Il voit les hommes lancer les pierres qu'ils ont entassées dans les sacs qu'ils portent. Les gendarmes belges arrivent, ils sont nombreux. Les vitres sont brisées, le car s'arrête, le chauffeur panique, les personnes du, car crient. Jean-Gustave voit les ouvriers qui en descendent et essayent de se protéger. Mais que fait Aristide, il est fou, il les frappe violemment.

Albert essaye maintenant de l'arrêter, mais rien n'y fait, des pavés dans chaque main, il frappe. Un gendarme s'approche par-derrière, il le percute violemment à la nuque avec son mousqueton. Aristide tombe. Les grévistes partent en courant, d'autres sont encerclés par les mobiles. Par dizaines, on les fait monter de force dans les fourgons de la police belge. Jean-Gustave en fait partie, il aurait dû écouter sa femme Anne, elle lui a souvent dit qu'un jour, cela terminerait mal. Ce jour est arrivé.

———

– Tu crois vraiment, l'abbé que votre lettre des syndicats libres au président du Conseil, Pierre Laval, va changer quoi que ce soit à la position du gouvernement belge ?

– Il fallait que l'on proteste ! L'annonce publiée par la dépêche de l'agence Havas parle d'une réunion à Bruxelles d'un délégué du ministère, demandant aux organisations ouvrières de son pays de reprendre immédiatement le boulot dans les usines du Consortium. Et cela en acceptant la suppression de la prime de présence sans aucune compensation, c'est inadmissible. Le ministre français doit intervenir et demander la neutralité des Belges dans ce conflit.

– C'est la même manœuvre de la part de Ley et de Mathon à deux semaines d'intervalles, et cette fois-ci ils sont en passe de réussir, sous des conditions que j'aimerais connaître. Et ces autocars, l'abbé, qui transportent les tisserands belges, lapidés par les unitaires, il y a des blessés maintenant. On les transporte dans les hôpitaux de la région. Cet accord est finalement une réponse de la Belgique à ces incidents contre leurs ressortissants.

– En parlant de ces incidents, j'ai eu des nouvelles d'Aristide. Jean-Gustave a été relâché par la police, et est venu me voir après les évènements pour m'en parler. Lui a été libéré, des témoins ont précisé qu'il n'est pas intervenu, et n'a pas lancé de projectiles. Par contre, Aristide faisait partie des enragés qui ont frappé les Belges. Il a été blessé gravement à la tête par un gendarme. Il est dans un état grave à l'hôpital de Mouscron. Les autres prisonniers ont été transférés à Ypres. Ils seront condamnés lourdement.

Chapitre 22. 189, rue de L'Épeule, Roubaix

Le journal de Roubaix du jeudi 23 juillet 1931.

« Le mouvement de reprise du travail s'accentue, on a constaté mercredi 21 000 nouvelles entrées. Sur environ 126 000 ouvriers de notre métropole, 83 000 travaillent. Le Consortium considère que la grève est terminée. »

– Ils citent le nombre d'ouvriers qui ont repris, pour faire croire par les dépêches envoyées et publiées dans les journaux qu'ils ont gagnés, Monsieur Julien.

– Je sais les frères, l'abbé ne décolère pas. Il faut reconnaître que Ley sait employer la presse pour diffuser des mensonges qui deviennent des vérités. C'est également pour cela que certains syndicats utilisent ce moyen. *« Le comité intersyndical de grève constate que la pression du Consortium soutenue par le gouvernement belge et les communistes ont produit un effet déplorable sur les travailleurs de Roubaix-Tourcoing »*. Il est incontestable que le mouvement se termine, partout on reprend sauf dans quelques bastions. Malgré tout, je pense que ces évènements verront la fin et la lente désagrégation de ce Consortium.

– C'est fini, Julien, c'est fini.

– Oui, Suzanne ! La CGT a voté la reprise du travail sur Roubaix-Tourcoing, les Unitaires suivront dans quelques jours[47], n'en doutons pas, contraints et forcés par les nombreuses défections dans leur rang. Ils accuseront les syndicats chrétiens et socialistes de les avoir trahis, parleront des patrons assassins et voyous de la région, indiqueront qu'il faudra continuer la lutte, mais passeront sous silence leur responsabilité de ne pas avoir obtenu gain de cause pour tous les ouvriers. S'ils les avaient suivis, Mathon et Ley auraient perdu complètement cette fois-ci. Il n'y aurait pas eu de rentrée dans les usines du Consortium sans accord sur les salaires. Mais le fait de refuser cette tentative de conciliation ne leur servira pas dans les mois et les années qui viennent. Dans certaines usines, les plus combatifs des Unitaires organisent des représailles contre les ouvriers qui ont fait grève. Pour eux[48], comme pour le Consortium, c'est bien le commencement de la fin. Un groupement patronal avec les entreprises dissidentes est en train de se constituer avec

[47] Ils voteront la reprise le 27 juillet avec effet pour le mercredi 29 juillet.

[48] Des défections viendront à partir de 1931, puis des scissions de certaines parties du syndicat. Il sera dissous en 1936, pour rejoindre la CGT.

Maurice Olivier à sa tête. On m'a parlé de la lettre qu'il a envoyée à Ley. Il le qualifie « d'homme des ténèbres et des combinaisons mussoliniennes », et lui reproche de chercher à « établir son emprise sur la classe ouvrière pour la domestiquer et l'asservir en esclavage ». Il l'accuse enfin de se soucier de la paix sociale dans ses écrits, mais pas dans ses actes. La guerre est déclarée au sein du patronat textile.

———————

– La garde mobile s'en va. Les pelotons quittent la ville par le train, équipement et chevaux sont embarqués depuis deux jours. Le symbole est fort.

Julien regarde son ami prêtre. Il le voit tendu, inquiet, pas satisfait, en proie au doute d'avoir voulu cette grève qui a duré près de 10 semaines, sans réel gain tangible pour beaucoup. Leurs salaires baisseront malgré tout, et la misère déjà grande ira en s'accentuant.

Chapitre 23. 189, rue de L'Épeule, Roubaix

Journal Le Populaire du 7 février 1934

« Coup de force fasciste. Les ligues fascistes composées des Camelots du Roy, des Croix de Feu, des Jeunesses patriotes ont attaqué le service d'ordre qui protégeait les bâtiments officiels, à coups de matraques, et de revolvers. La police a tiré, 29 morts, dont plusieurs gardes mobiles. »

– Trois ans déjà depuis cette grève de malheur de 1931, julien, et finalement rien ne change, la misère est toujours là !

– Je sais l'abbé ! À part les fascistes qui recrutent de nouveaux adhérents, tu as raison, rien ne change.

– Ils sont de plus en plus nombreux parmi les ouvriers et les chômeurs à en faire partie. Les ligues font comme nos comités de secours catholique, la distribution de repas gratuits aux plus démunis. Ils ont commencé à la fin de l'année dernière.

– C'est pour cela que l'on a vu sur les murs de nos villes des affiches qui prenaient à partie les pauvres qui mangeaient la soupe des Croix de Feu[49] pour qu'ils n'adhèrent pas à leur

---

[49] Mouvement d'anciens combattants de la guerre 14-18, proche des mouvements nationalistes de droite, et soutenus par des industriels. Il donne naissance au parti Social français, dont une partie rejoindra la Résistance et l'autre le Maréchal Pétain.

propagande. L'abbé, tu sais que les ventres vides sont prêts à tout écouter, mais ce n'est pas pour cela qu'ils y croient.

– L'argent vient de certains industriels et patrons textiles proches de ces ligues, qui d'un côté, organisent des œuvres de charité et de l'autre, licencient en masse et maintiennent les salaires les plus bas possibles.

– Mon ami Eugène Morin, vicaire de la paroisse Saint-Sépulcre aurait-il pris sa carte de membre du Parti communiste français ?

– Ne dis pas n'importe quoi, et arrête de plaisanter ! C'est un industriel Lillois Coussaert, qui soutient le mouvement des Croix de Feu du Nord. Malgré ta réclusion dans ton estaminet de la rue de l'Épeule, tu dois savoir qu'il revendique 20 000 adhérents dans notre département, soit plus que le parti communiste. Et parmi eux, de nombreux travailleurs sans ressources, donc sans espoir, et qui peuvent être prêts à perpétrer des attentats ou des émeutes, comme ceux qui viennent de se dérouler à Paris.

– Tout vient de ce sentiment de désespoir, Eugène, de nombre de nos compatriotes.

– Avoue que certains politiques ne font pas grand-chose pour y remédier, et pour certains, sont même corrompus.

– Oui, si tu fais référence à l'affaire Stavisky[50], il est vrai qu'il a bénéficié de quelques complicités politiques et administratives bienveillantes, et que son suicide n'ayant jamais été admis par l'opinion publique, la théorie du complot s'est vite répandue.

– Il semble que la mutation du préfet de police de Paris, par le gouvernement, a mis le feu aux poudres.

– Normal, Eugène, il est haï par la gauche et adulé par la droite et l'extrême droite, sans que l'on sache trop pourquoi. Mais sa mutation est une sanction, Daladier a voulu écarter tous les protagonistes de l'affaire Stavisky, et tous les hommes éclaboussés par ce scandale financier.

---

[50] Escroc arrêté à de nombreuses reprises, il monte en 1933, un système de Ponzi, avec la complicité d'un député-maire et d'un sous-préfet qui porte sur un montant de 200 millions de francs, c'est le Madoff français des années 1930.

– Ce qui me surprend maintenant chez ces exaltés de l'ordre et du nationalisme, ce sont leurs méthodes de plus en plus violentes. Ils prennent des allures paramilitaires, ont le culte du chef, ne veulent plus des parlements, sont racistes et xénophobes, avouent leurs sympathies pour Hitler ou Mussolini, et voudraient le même type de régime pour la France que ceux qui se mettent en place en Allemagne et en Italie. Ce qui m'inquiète c'est la convergence qui s'installe entre la droite et l'extrême droite, ils ont le même discours, et bientôt, auront le même programme.

– Mon ami, je suppose que tu n'es pas venu toutes affaires cessantes pour me parler de cela ?

– Non, tu as raison, en fait, je suis venu pour te parler des patrons textiles de Verviers !

– Que vient faire cette ville de la Belgique francophone, située à plus de 200 kilomètres, dans notre conversation ?

– Ley, Désiré Ley ! Je t'explique l'affaire. En octobre de l'année dernière, le patronat textile de cette ville a dénoncé toutes les conventions conclues avec la Fédération Ouvrière belge, depuis des années. Il semble que cette industrie, de l'autre côté de la frontière, a de gros problèmes. De nouvelles propositions patronales ont été soumises à référendum au début de cette année. Près de 90 % des ouvriers qui se sont exprimés les ont rejetées. Le patronat veut malgré tout, les mettre en place. La grève générale est sur le point de se déclencher. Du coup, la Fédération patronale de Verviers a fait appel à Ley. Et celui-ci a accepté de les aider.

– Pourquoi ont-ils fait appel à Ley ? Et pourquoi celui-ci a-t-il accepté ?

– La seule explication possible est que l'industriel du Nord, Pierre Flipo, est aussi administrateur délégué d'une société verviétoise, la Vesdre, et qu'il connaît bien Désiré Ley.

– Ces ouvriers textiles de Belgique vont souffrir !

Chapitre 24. Place de la Fosse aux chênes Roubaix

Journal Paris-Soir du 18 mai 1934.

« Le coup de grisou de Lambrechies[51]. Le journal ouvre une souscription pour les familles des mineurs victimes de la catastrophe. Un nouveau coup de grisou s'est produit ce matin, 12 morts et 7 blessés. »

– Maintenant que tout est rentré dans l'ordre à Verviers, nos membres estiment que votre rôle est terminé. Étant au service du Consortium, ils pensent que vous ne pouvez évidemment pas donner votre concours à nos collègues belges et concurrents pour réorganiser leur industrie. Vous donneriez à ceux-ci des bâtons pour nous battre, Monsieur Ley.

[51] Le 15 mai, un coup de grisou tue 35 personnes dans la mine.

– Je vous ai bien compris, Monsieur Mathon, je vais cesser officiellement tous conseils, mais avouez que ce fut un succès complet.

– Rien ne vous empêche de continuer à les conseiller, mais officiellement votre mission est terminée. Comme je me suis un peu retiré des affaires depuis quelques mois[52], expliquez-moi l'essentiel des évènements.

– Quand je suis intervenu, la grève était déclenchée. J'ai d'abord établi un diagnostic de leur politique patronale. Incroyable, les salaires, étaient de 40 % supérieurs à ceux de Roubaix-Tourcoing, sans compter le surcoût lié au travail sur un seul métier, au lieu de deux, comme ici. Tout cela venait

[52] Depuis quelques mois, il voyage souvent avec sa femme, et se retire peu à peu des affaires.

de leur attitude vis-à-vis des ouvriers et de leurs syndicats. Ils étaient pour la négociation et acceptaient de nombreuses revendications. Je leur ai dit d'abandonner tout cela, plus de dialogue social. Mon objectif a été bien sûr de réduire les coûts salariaux. J'ai donc imposé un ensemble de mesures qui touchent d'un côté à l'organisation et de l'autre aux rapports sociaux. La rationalisation a reposé avant tout sur un rapport de force avec, comme clé de voûte, l'autorité patronale. Le refus ensuite de toute négociation et de tout dialogue avec les mouvements ouvriers a été admis. Enfin de nouvelles conditions de travail ont été mises en place, inspirées de celles qui sont en application chez nous. Chaque travailleur a dû signer un contrat qui conditionnait son embauche à la reprise du travail. Au bout de cinq mois, c'était fini. Tout est maintenant, rentré dans l'ordre. Mais il ne suffit pas, comme vous le savez, de remporter une victoire, il faut éviter le retour des erreurs du passé.

– Comment allez-vous vous y prendre ?

– Je vais mettre un contrôleur à la direction de la Fédération patronale de Verviers pour organiser les dirigeants, suivant notre conception sociale qui s'était avérée efficace chez nous.

– Vous avez l'homme ?

– Oui, Paul Léon, avec lequel je serai en contact permanent. Il visitera, comme les contrôleurs le font chez nous, les entreprises affiliées à la Fédération pour s'assurer du respect des dispositions.

– Les résultats ?

– Les effectifs ouvriers ont été réduits de 35 %, ils sont passés de 16 000 à 10 500. Dès le déclenchement de la grève, 3 000 ouvriers ont été licenciés de manière définitive. Il s'agissait de rompre l'unité des travailleurs. À la fin du conflit, certains ont été inscrits sur des listes pour leurs activités syndicales ou leur participation active. Ils n'ont pas été réembauchés. La rémunération suit désormais la pratique du salaire moyen. Une grille a été mise en place. Plus tard, je ferai organiser sur notre modèle un système de relevé des prix de détail et calculer un indice des prix patronaux.

– Excellent !

– Par contre, il m'est venu une idée, que j'ai mise en place là-bas, et que nous devrions imposer ici. Il a été imposé aux ouvriers, le respect d'un préavis de huit jours lors de tout changement d'employeur. Cette obligation peut nous permettre de devancer les défections et de pouvoir les remplacer.

– Je vais en parler à la prochaine réunion du Consortium.

Chapitre 25. Place de la Fosse aux chênes, Roubaix

Journal Paris-Soir du 9 juin 1936.

« Un accord général conclu cette nuit à Matignon. Les clauses prévues sont les suivantes : établissement immédiat de contrats collectifs de travail, libre exercice du droit syndical, réajustement des salaires de 15% pour les salaires les moins élevés, et installation dans toutes les entreprises de délégués élus par les salariés »

– Vous devez accepter, Monsieur Ley, nous ne pouvons faire autrement ! Le gouvernement de Léon Blum, issu des élections de mai dernier, s'engage à faire évacuer les usines occupées et à faire cesser la grève, en contrepartie de ces accords.

– Monsieur Tiberghien, vous savez que j'ai déclaré récemment que je ne céderai pas devant les grèves et je n'accepterai pas, ni les augmentations de salaire, ni la diminution de la durée du travail, ni une convention collective. Monsieur Mathon n'aurait jamais accepté, jamais !

– Mon cher Lay, Monsieur Mathon nous manque beaucoup, sa mort en novembre de l'année dernière nous a tous surpris. Mais enfin, sa santé n'était plus très bonne, on ne le voyait plus beaucoup dans notre cercle. Et puis, les temps ont changé, le temps des négociations, des concertations sont venues… Et arrêtez de dire « je », vous êtes à notre service. Votre pouvoir n'est plus ce qu'il a été. Vous ne pouvez plus, seul, négocier avec les syndicats et les ouvriers, en tout cas, vous devez nous en référer.

– Cet accord de Matignon est une nuit du 4 août économique. Tout ce que nous avons construit va s'écrouler.

– Nous représentons avec Pollet, Lepoutre, Motte, Allart, et Prouvost les principaux groupes textiles de France et avec des ramifications dans le monde entier, or je vous le dis, notre confiance en vous, s'effrite. Il est temps de changer de politique et de négocier. Un accord est déjà intervenu entre le mouvement des peigneurs, le mouvement interprofessionnel de notre région et les salariés sur une hausse des salaires. Nous ne pouvons pas rester en dehors, sinon nous n'aurons bientôt plus personne pour travailler dans nos usines. Vous allez donc conclure un accord, nous voulons aussi l'élaboration d'une convention collective qui puisse régir les relations entre les organisations syndicales et nous.

Chapitre 26. 189, rue de l'Épeule, Roubaix.

Journal Le Populaire du 12 septembre 1937

« Abominable provocation. Un double attentat terroriste commis hier soir aux sièges de deux organisations patronales, des machines infernales d'une grande puissance ont explosé à 22 heures détruisant l'immeuble de la Confédération Générale du Patronat français et celui du Groupement des industries métallurgiques de la région Parisienne.»

– Julien, tu as lu les journaux, les attentats à Paris.

– Oui ! Quelques rares journaux ont osé soutenir que les attentats étaient l'œuvre de la CGT ou du Front populaire, mais tout le monde se rend compte que l'on se trouve face à un attentat identique à celui de la ville de Cerbère[53]. Les machines proviendraient d'usines de guerre étrangères. C'est l'œuvre des mouvements fascistes.

– Tu as peut-être raison, je ne pense pas que François de La Roque[54] s'amuserait à commettre des attentats.

---

[53] Le 8 mars 1937, une bombe explose dans le train Paris-Perpignan en gare de Cerbère. D'autres bombes sont découvertes, l'objectif était de couper la route ferroviaire de la France vers l'Espagne pour couper les voix de ravitaillement vers la République espagnole, combattu par Franco.

[54] Chemin inverse pour le colonel De La Roque, président des Croix de feu, et fasciste. Il fonde le Parti Social français, de tendance droite conservatrice et nationaliste, puis s'engage dans la résistance en 1941, déporté, il meurt en 1946 des suites de sa détention.

– Non, mais je pense à cette société secrète dont parle le journaliste Maurice Pujo de l'Action Française, et qu'il nomme « la Cagoule ». Il la dénonce depuis quelques mois. Au début de l'année, il parlait déjà du « danger mortel de cette société secrète ».

– Maurice Pujo, fondateur des Camelots du Roi, qui parle d'une société secrète ?

– Et oui, l'abbé, aussi bizarre que cela puisse paraître ! Il dit avoir appris en juillet 1936, quelques mois après le succès du Front populaire, que d'anciens membres des Camelots et des ligueurs, chassés pour mauvaise conduite, avaient fondé cette société secrète. C'est Eugène Deloncle, un ancien extrémiste des Camelots qui aurait créé « l'Organisation secrète d'action révolutionnaire nationale », que Pujo a surnommé la Cagoule, faisant référence au goût du secret de cette société.

– Quelques vagabonds en mal d'aventures !

– Détrompe-toi, l'abbé, ses membres sont pour la plupart des ingénieurs, des cadres, des gens de la bourgeoisie, et des industriels.

– Des gens de notre ville ?

– Pas que je sache, mais Pujo cite Dubreuil[55], Chueller[56] et Michelin. Le mouvement est organisé comme une formation militaire, des cellules de quelques hommes, des unités, des bataillons et des régiments. Ils sont financés par les industriels que je viens de citer. Il semble que de nombreux contacts se sont créés avec des militaires[57].

– Que veulent-ils ?

– Toujours d'après Pujo, renverser la République par un coup d'État[58].

– Pourquoi Maurras et Pujo les dénoncent-ils ?

– Ils sont persuadés que le gouvernement va profiter de l'action de ce mouvement pour les accuser d'en faire partie, les poursuivre pour atteinte à la sûreté de l'État et les arrêter.

---

[55] PDG de Lesieur.

[56] Fondateur de L'Oréal.

[57] Entre autres, le général Giraud, le maréchal d'Espérey, et des contacts seront pris avec le maréchal Pétain.

[58] Qui fut préparé dans la nuit du 15 au 16 novembre 1937. Ils évoquent auprès de membres de l'état-major, l'imminence d'une prise de pouvoir par les communistes, pour que l'armée prenne le pouvoir. Le piège ne prendra pas.

Chapitre 27. 189 rue de l'Épeule, Roubaix.

Le Populaire du 23 septembre 1938.

«Deuxième entrevue Chamberlain-Hitler, Monsieur Daladier a eu d'importants entretiens hier, le gouvernement tchécoslovaque a donné sa démission hier … »

Les deux amis, attablés dans l'estaminet de l'Épeule, commentaient les nouvelles internationales inquiétantes et les nouvelles locales surprenantes.

– Ley a démissionné, Julien ! Les patrons lui ont retiré leurs confiances. C'est l'avocat de Maurice Olivier qui m'en a parlé.

– Je ne suis pas plus surpris que cela. Tout a commencé par les critiques du Vatican en 1926 qui l'ont éloigné des patrons chrétiens. Ceux-ci ont pris leurs distances avec ses conceptions et ses méthodes. Puis par ses multiples provocations, lors des grèves de 1931, l'ont disqualifié. Son aide aux patrons textiles de Verviers a sans doute démontré aux dirigeants du Consortium qu'il travaillait non pour eux, mais pour mettre en place sa doctrine, quitte à aider leurs concurrents directs. Enfin la mort d'Eugène Mathon lui a enlevé son plus fidèle soutien. Dans les années qui ont suivi, les dissidences dans les rangs du Consortium ont été nombreuses. Son autorité a faibli, et puis une nouvelle génération de patron est arrivée, il n'avait plus de prises ou de possibilités de chantage avec ses dossiers qui dataient de l'occupation allemande. C'est une conclusion logique de l'affaiblissement de son autorité. Sais-tu comment cela s'est passé ?

– Oui, il a continué à refuser tout accord, fidèle à sa doctrine. Cependant, il y a eu une première brèche en 1936, souviens-toi, il déclarait en juin que le Consortium ne céderait pas devant les grèves, n'accepterait pas d'augmenter les salaires, de diminuer la durée du travail et de signer une convention collective. Mais la signature par le patronat national de l'accord de Matignon, l'a obligé à conclure avec la CGT du textile, un accord pour augmenter les salaires de 10 %, mettre à l'étude une convention collective et l'engagement qu'aucune sanction ne serait prise. Une deuxième brèche a été ouverte en août de la même année, il a dû signer, sous la pression des adhérents une convention collective qui organisait les relations professionnelles. Néanmoins, il a refusé en janvier de cette année, une décision sur des hausses de salaire que le syndicat patronal des peigneurs et le Groupement interprofessionnel ont accepté. Ce fut le point de départ de la crise entre lui et les patrons. La majorité a considéré qu'il avait fait son temps. C'est l'industriel Alphonse Tiberghien, l'un de ses opposants, qui en séance plénière lui a déclaré que les patrons n'avaient plus confiance en lui. Dès lors il devait accepter une mise sous tutelle.

– Je devine la suite, perdant toute autonomie dans le Consortium, il ne pouvait accepter, lui qui avait cumulé tous les pouvoirs, de devenir un exécutant obéissant aux ordres du comité. Il a donc démissionné.

– Exact, il a annoncé hier la dissolution de son jouet, la commission intersyndicale, et sa propre démission. Mais il a aussi provoqué l'éclatement du Consortium. Deux des plus gros patrons de notre industrie textile, Mullier et Duprez vont créer une Union syndicale patronale de Roubaix-Tourcoing.

– C'est la troisième structure, le Consortium, le Groupement interprofessionnel et maintenant cette Union patronale[59].

– Oui, mais ils veulent aussi se distinguer profondément de l'ancien syndicat patronal de Ley sur plusieurs points,

---

[59] Plus de la moitié des entreprises textiles ont rejoint cette nouvelle organisation un an après sa constitution. Les trois corporations vont fusionner en juillet 1942.

pas de pouvoirs absolus à un secrétaire général, acceptation de l'intervention de l'état, et développement de relations apaisées avec les ouvriers.

– Finalement, Désiré Ley[60] aura fait souffrir les ouvriers en provoquant des grèves, et aura été nuisible aux patrons, en créant ces divisions. Quel était donc son objectif ?

– Le pouvoir, Lucien ! Cette volonté de posséder le pouvoir qui est de nature, criminel !

– L'abbé ! Tu cites le marquis de Sade !

[60] Il est mort en 1971.

À suivre : 46 rue Descartes, Roubaix.

Le Petit Parisien du 29 mai 1940.

«Institution de Saint-Louis de Roubaix. Prière aux familles réfugiées de faire connaître d'urgence leur adresse à l'abbé Morin qui pourra centraliser et fera la liaison entre elles ... »

Je vais voir mon ami, Eugène Morin, toujours vicaire à la paroisse Saint Sépulcre. J'ai vu son annonce dans le journal pour venir en aide aux réfugiés, de plus en plus nombreux, venant des régions belges, hollandaises et luxembourgeoises qui fuient l'avance nazie. Je veux savoir ce que je peux faire pour l'aider.

Hors de question pour ma famille et moi de quitter la ville, Suzanne est d'accord. Nos rues sont vides, une grande partie de la population a rejoint cet exode qui, depuis deux semaines, encombre les routes de France. Des centaines de milliers de personnes se sont enfuies, tous ont encore en mémoire la tragédie de l'invasion 14. Nous savons, grâce au poste de TSF de notre estaminet, que ces pauvres gens se font mitrailler et bombarder sur les routes par les « stukas » allemands. Les « trompettes de Jéricho[61] » accompagnent la mort de milliers de personnes. L'abbé a, de sa propre initiative, réquisitionné les locaux de l'école primaire Saint Louis de la rue Descartes, non loin de la rue de l'Épeule. Il fait son possible pour venir en aide aux plus fragiles, enfants, femmes, vieillards. Pour beaucoup, ils sont sans nouvelles de leur proche, des enfants sans parents, perdus durant l'exode ou tués, des femmes sans maris, combattants ou prisonniers de guerre, des personnes âgées qui pensaient pouvoir résister

---

[61] Les avions étaient équipés de sirènes pour accroître la terreur et étaient utilisés, lors des piqués en rase motte, où les deux mitrailleuses balayées les routes remplies de réfugiés.

sur les chemins de l'exode, et qui s'arrêtent faute de force et de volonté pour poursuivre les chemins de misère.

Je suis persuadé qu'à plus de vingt ans d'intervalle, une sombre période va de nouveau frapper notre ville. Je l'aperçois maintenant, toujours aussi dévoué et prévenant avec les plus faibles, mon ami l'abbé Morin…

À suivre… Tome 3, « Les Réfugiés de l'Alouette ».

FIN

Annexe 1 : L'Épeule, une rue ouvrière.

Les documents les plus anciens citant la rue de l'Épeule, la rue de l'Alouette et la place du Trichon remontent au XVIIIe siècle. « L'Épeule » est autrefois appelée Pavé de Croix, car menant au bourg de Croix et ne prend son nom actuel qu'en 1867. Elle le tenait d'un cabaret situé à l'angle de la rue Watt, qui se dénomme ainsi. L'épeule désigne un fuseau garni de laine que le tisserand met dans sa navette.

À la fin du XIXe, s'y installent de grandes usines textiles, les teintureries Roussel et le peignage de l'Épeule. À l'époque, la rue est déjà fort commerçante et les estaminets sont nombreux. Les courées apparaissent à la même époque. En 1912, Émile Desmettre fait une demande de permis de construire au 121 de la rue de l'Épeule pour une salle de concert qui devient dans les années vingt le cinéma « l'Étoile d'or ». En 1926, c'est un projet de salle de spectacles et de cinéma qui est proposé au 41, le « Colisée ». Non loin, la « place du Trichon », son nom lui vient d'un ruisseau qui le traverse, prend sa source à Mouvaux, pénètre dans Roubaix puis arrive rue de l'Épeule. Quant à l'Alouette, il s'agissait en 1811 d'un hameau bâti autour d'un cabaret qui lui a donné son nom. C'est encore dans les années 1960, un village dans la ville.

Annexe 2 : Le Consortium textile de Roubaix Tourcoing.

Le Consortium de l'industrie textile de Roubaix-Tourcoing, créé en 1920 sur les cendres des syndicats mixtes, entretient une caisse de compensation qui verse des allocations familiales au personnel de plusieurs centaines d'entreprises. Son fondateur, Eugène Mathon, catholique fervent, s'en prend au syndicalisme chrétien qu'il dénonce auprès du Saint-Siège (1924). La réponse de Rome, favorable au syndicalisme fut considérée comme la «charte du syndicalisme libre chrétien». Une opposition patronale s'organisera contre le Consortium, et son secrétaire général, Désiré Ley, «dictateur» en matière de salaires et de conflits du travail. Eugène Mathon, encensé par la presse d'extrême droite de l'époque, présenté comme le « bon patron catholique » fréquente les milieux fascistes français avec des gens comme La tour du Pin et Charles Maurras de l'Action française, Georges Valois, fondateur du Faisceau, et bien d'autres.

Admirateur de Mussolini, il intensifiera une lutte sans merci avec l'aide de son secrétaire général Désiré Ley, contre les ouvriers chrétiens. La « dictature » qu'ils emploieront contre toute tentative d'opposition de leurs méthodes par les autres patrons textiles puise sa source dans la collaboration avec les autorités allemandes durant la Grande Guerre, et les dossiers de la police allemande sur les industriels du textile de Roubaix et de Tourcoing.

Annexe 3 : La grève des usines textiles de Roubaix-Tourcoing en mai 1931.

Déclenchée le 18 mai par la CGT, la grève se transforma en guerre d'usure du fait de l'intransigeance d'Eugène Mathon et surtout de Désiré Ley qui refusait toute concession et fit échouer plusieurs tentatives de médiation du cardinal Liénart et du gouvernement. Le déblocage de la situation vint des patrons indépendants. Le 6 juin, la maison Alfred Motte fils proposa, en échange d'une reprise immédiate du travail, de limiter la baisse des salaires à 3% et de la reporter au 1er septembre suivant. Cette proposition reçut le soutien de dix entreprises et fut acceptée comme base d'accord par les syndicats chrétiens. Il fallut attendre le 3 juillet pour que de nouvelles discussions aboutissent à un armistice. L'importance de l'accord conclu par la CGT et les syndicats chrétiens avec les patrons indépendants et dissidents tient à ce qu'il établit un contrat collectif prévoyant des négociations entre les parties afin d'éviter de nouveaux conflits. Un préavis de résiliation du contrat collectif de trois mois fut conclu, et les signataires s'engagèrent à ne pas utiliser cette procédure avant le 3 mai

1932, ce qui revenait à rendre la grève impossible pendant un an et trois mois.

Ley vit dans cet accord qu'il dénonça violemment la fin de l'autorité patronale. Il fit tout pour en empêcher l'application. Néanmoins, c'est sur cette base que s'opéra progressivement la reprise, de sorte que la grève prit fin le 24 juillet. Pour la première fois, nombre de patrons n'avaient pas cédé aux injonctions de Ley. C'était, pour lui, une défaite sévère et le début de la fin du Consortium que 1936 précipita. Ce fut le point de départ d'une crise qui vit les patrons se diviser sur les services que Ley pouvait encore rendre à la cause patronale, mais la majorité considérait qu'il avait fait son temps. Dès lors qu'une partie des patrons lui avait retiré leur confiance, il annonça le 23 septembre 1938 la dissolution de la commission intersyndicale qu'il présidait et sa propre démission. C'était en quelque sorte la conclusion logique d'un contexte politique plus favorable à la négociation collective.

Jean-Claude Daumas, professeur d'histoire économique à l'université de Franche-Comté

Annexe 4 : La cagoule.

Le 11 septembre 1937, un double attentat terroriste en plein Paris

Deux gardiens de la paix sont tués. Bien que la presse condamne unanimement ce double attentat, les avis divergent dès le début. Ainsi « L'Écho de Paris » et « Le Petit Journal » évoquent des attentats terroristes dont le patronat semble être la cible, « Le Figaro » souligne leur « manière anarchiste », « Le Matin » impatient de trouver les coupables, désigne un anarchiste italien et « Paris Soir » fait des allusions à Ravachol, anarchiste militant, « Le Journal » souligne la marque révolutionnaire de ces attentats, « L'Action française » s'interroge sur les coupables : les Soviets ? L'Allemagne ? Les deux ? « L'Humanité » et « Le Populaire », quant à eux, parlent d'attentat fasciste et dénoncent une sanglante et grossière provocation. On s'oriente vite vers l'origine étrangère des bombes. On publie des photos de ces « bombes étrangères déposées par des agents de l'étranger ». Dans un journal, un reportage photographique fait le lien avec plusieurs autres attentats récents.

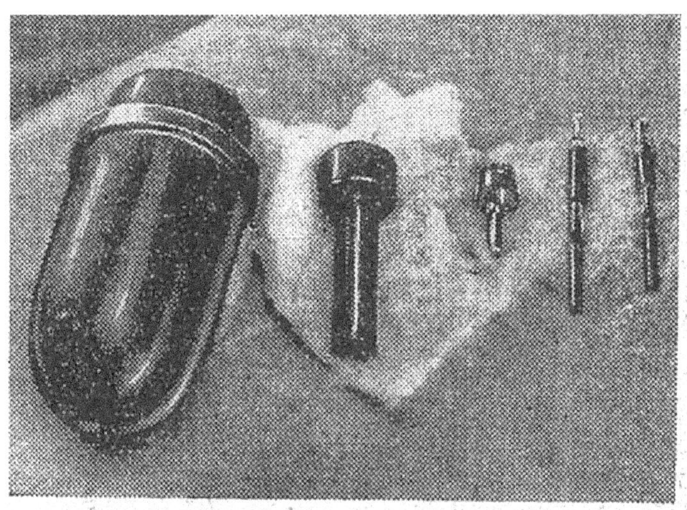

Cette bombe, dont « l'Humanité » avait pu se procurer et reproduire le 29 juin dernier la photographie, a été fabriquée par le commandant Bauer. D'une très grande puissance, elle est du modèle de celle qui explosa dans l'express Bordeaux-Marseille

Une prime de 100 000 francs et le témoignage d'un commerçant vont faire avancer l'enquête. Il révèle l'existence d'une bande organisée et secrète de terroristes. À partir du 16 novembre 1937, suite à la découverte d'une cache d'arme, de nombreuses arrestations ont lieu, en lien avec l'organisation d'extrême droite le CSAR (Comité secret d'action révolutionnaire), surnommée « la Cagoule ».

Le « Petit Parisien » révèle un complot contre la sûreté de l'État. La IIIe République a échappé de peu à un coup d'État fasciste. Un entrepôt d'armes de guerre est découvert dans une villa inhabitée de Villemomble.

Le 26   novembre l'arrestation   d'Eugène   Deloncle, dirigeant du CSAR est annoncée, ainsi que celle d'autres membres. Le 27 novembre, c'est celle du duc Pozzo dit Borgo, collaborateur du colonel de la Rocque.

Le 11 janvier 1938, Marx Dormoy, ministre de l'Intérieur, annonce l'arrestation de trois des auteurs des attentats de l'Étoile. Un ingénieur clermontois, Pierre Jules Locuty, membre du CSAR passe aux aveux.

Marx Dormoy, responsable du démantèlement de la Cagoule, sera assassiné en représailles le 26 juillet 1941 sous le régime de Vichy.

Note de l'auteur.

D'après la définition du Larousse concernant le *roman historique* : « Se dit d'une œuvre de fiction dont le sujet s'inspire de près ou de loin d'événements historiques ».

Ce roman n'est pas une œuvre de fiction et s'inspire de très près d'évènements historiques.

Annexe

Bibliographie, Référence, Essais, et Œuvres.

– Le Consortium de l'industrie textile de Roubaix Tourcoing, Benoit Trylnik 1926.

– La scission du Parti socialiste à Roubaix Tourcoing, Maurice Demouveau 1974.

– La reconstitution des régions dévastées, Le Monde Illustré 1923.

– Quand les sirènes se taisent. Maxence Van Der Meersch, 1933.

– Manifestation ouvrière et théorie de la violence, Danielle Tartakowsky, 1993.

– Le front populaire à Lille, de Pascal Wecksteen 1969.

– Les Croix de Feu du Nord, Jean-Pierre florin, 1977.

– Les temps difficiles, 1914-1930, Gustave Dron, 1985.

– Les rues de Roubaix, Théodore Leuridan, 1914.

– Les débuts de la C.F.T.C. dans l'arrondissement de Lille, Jean-Yves Derville, 1969.

– Eugène Motte, député-maire de Roubaix, Amory de Baudus, 1993

Remerciements particuliers pour l'énorme travail de la bibliothèque numérique de Roubaix.

https://www.bn-r.fr/decouvrir_collection.php

Dépôt légal avril 2018, ISBN : 979-10-94133-23-1

JMB EDITIONS

Couverture © **Sébastien Biguet**

Prix 8,50 €